지리산을
구한 반디

밤가시

지리산을 구한 반디

The Bandi who saved Jirisan

초판 1쇄 발행 | 2024년 10월 09일
지은이 | 조성완
그린이 | 김나영
펴낸이 | 이해정
디자인 | 아나크로니
펴낸곳 | 도서출판 밤가시
출판등록 | 2017년 1월 13일 (제2017-000011호)
주소 | 경기도 고양시 일산동구 산두로 248
팩스 | 0504-048-8921
이메일 | bamgasi.books@gmail.com
ISBN | 979-11-987062-0-1

어린이제품안전특별법에 의한 표시
품명 | 어린이 도서
제조국 | 대한민국
사용연령 | 10세 이상
주의사항 | 책 모서리에 다치지 않도록 주의하세요.

이 도서는 2024 경기도 우수출판물 제작지원 사업 선정작입니다.

지리산을 구한 반디

조성완 지음 · 김나영 그림

범가N

작가의 말

조성완

남해 어딘가 몽돌해변에 여행을 간 적이 있었다. 아름다웠다. 사전에 있는 말로는 그 아름다움을 표현하기가 쉽지 않아서, 나는 그저 '몽돌몽돌하다'고 중얼거렸는데, 그 표현이 꽤 내 마음에 들었다. 수천수만 년의 밀물과 썰물이 거듭된 반복을 통하여 이룩한 아름다움이니, 몽돌을 반복하여 '몽돌몽돌하다'고 한다면 그보다 더 나은 표현이 또 어디 있겠느냐 싶었다. 모난 곳을 거듭거듭 덜어내면서 몽돌들이 이룩한 단정한 아름다움. 과욕이겠지만 이 책도 그처럼 몽돌몽돌하였으면 좋겠다.

이 책 속의 이야기는 복잡하지 않다. 자신의 꿈을 추구해 가는 꼬마 반달곰 '반디'의 도전과 모험에 관한 이야기이다. '반디'는 아이들이 품에 꼭 끌어안고 자는 곰돌이 인형만큼이나 친숙한 모습으로, 어떤 난관이 닥치더라도 '곰돌곰돌하게' 낙관과 희망을 잃지 않는 명랑 캐릭터다. 이 호기심 많은 꼬마 오뚝이의 여정을 함께하면서 독자들은 용기와 정직, 우정과 헌신, 사랑과 책임 등 꼭 들러야 할 교양적 가치의 정거장을 빠짐없이 들르게 될 것이다. 그리고 마침내 대단원에서 '반디'와 대자연이 교감하며 연출해 내는, 시쳇말로 '가슴이 웅장해지는(!)' 하이라이트에 도달하게 될 것이라 약속한다.

우리 집 꼬맹이 재희는 어찌 보면 이 책의 공동 저자라고 할 수 있다. 나는 꼬맹이에게 구상한 줄거리와 흥미로운 장면들을 구연해 주었고, 꼬맹이는 깔깔 웃거나 간혹 데굴데굴 구르며 기꺼이 나와 한통속이 되어주었다. 다음 장면을 숨죽이며 기다리던 까만 눈동자, 침을 꼴깍 삼키던 소리는 이 책을 집필케 해 준 가장 큰 에너지원이었다. 이제 꼬맹이 재희에게 그 결실을 보여 줄 수 있어서 무척이나 행복하다.

이 책이 나오기까지 출판인 이해정 님의 열정은 '어마어마하다'라는 표현 정도로는 성에 차지 않는다. 그래서 또 하나의 신조어를 만들어 이해정 님께 바친다. 그간의 '해정해정한' 노고에 진심으로 머리 숙여 감사드린다. 더불어 기원한다. 모쪼록 이번 출판이 하나의 뿌듯한 결실이자 동시에 희망찬 씨 뿌림이기를!

안녕, 반디 🐾

"안녕, 반디!"

사람들은 반디를 만나려고 '베어랜드'에 와요. '베어랜드' 최고의 스타 반달곰이 손을 흔들면 사람들의 스마트폰이 동시에 반디를 향했어요.

"반디! 반디!"

"찰칵, 찰칵, 찰칵!"

반디의 사진은 SNS를 타고 쫙 퍼졌어요. 보이지 않는 선을 타고 퍼진 사진의 조회 수는 폭발적으로 늘었어요. 반디는 혀를 날름거렸다, 배를 내밀었다, 엉덩이를 오른쪽 왼쪽 살랑살랑 흔들었다, 모델처럼 몸짓을 바꿨어요. 사람들은 손뼉을 치며 얼굴이 터질 것처럼 웃었어요. 처음보다 더 행복해진 사람들이 반디에게 과자를 주었어요. 과자가 비처럼 내렸어요.

"바사삭바사삭!"

과자가 계속 쏟아지자, 사육사가 나섰어요.

"안 돼, 반디! 그만 먹어."

사육사는 사람들과 반디를 번갈아 보았어요.

"그만 주세요. 반디에게 안 좋아요!"

'베어랜드'의 동물들은 사육사를 '돼지감자 아저씨'라
고 불렀어요. 돼지감자 아저씨는 동물들에게 돼지감자를
주었어요. 날마다 주었어요. 계속 돼지감자를 주는 아저
씨 얼굴이 돼지감자로 보일 때도 있었어요. 그래서 사육
사는 '돼지감자 아저씨'가 되었어요. 돼지감자 아저씨는
과자 때문에 나빠진 동물들의 건강을 걱정했어요.

"글쎄 안 된다고. 너, 다이어트 중인 거 몰라?"

돼지감자 아저씨가 손목 줄을 당겼지만, 반디는 버둥
대며 버텼어요. 아저씨의 목소리가 달라졌어요.

"가만히 좀 있지?"

반디는 슬금슬금 다가가 아저씨의 다리를 껴안았어요.
오늘은 반디의 애교도 통하지 않았어요.

"가자! 반디."

어쩔 수 없이 반디도 돼지감자 아저씨를 따랐어요. 잠깐 뒤돌아서 사람들에게 손을 흔들었어요. 사람들은 또 사진을 찍었어요.

돼지감자 아저씨와 반디는 장미정원 쪽으로 걸었어요. 장미정원에서 반디는 코를 벌름거리며 갈팡질팡했어요. 돼지감자 아저씨는 그럴 줄 알았다는 표정이었어요.

"달콤하지? 네가 좋아할 줄 알았어."

꽃다발 같은 장미정원에서는 달콤한 향이 뿜뿜 피었어요. 반디는 아이스크림을 생각했어요. 떠올리기만 했는데 달콤한 맛이 입 안에 싸악 감돌더니 머릿속에서 폭죽이 터졌어요.

'축제구나!'

반디는 눈을 질끈 감고 몸을 부르르 떨었어요. 빨갛고 노랗고 하얀 장미가 피면 '베어랜드'에 축제가 열린다는 신호였어요.

　　　　＜계절의 여왕 5월 맞이, 불꽃놀이 대축제!＞

역시 불꽃놀이가 있는 축제의 밤이었어요. 불꽃놀이 소식으로 사람이 점점 더 늘어나고 있었어요.

"쿵!"

반디가 넘어졌어요.

'아이코!'

뒤죽박죽 엉킨 전선에 발이 걸렸어요. 반디가 전선에 손을 뻗자, 돼지감자 아저씨는 손을 바쁘게 흔들었어요.

"어림없어. 절대 만지면 안 돼."

'왜? 비싼 건가?'

전선 다발은 모두 한곳으로 모이고 있었어요. 그 끝에는 상자처럼 생긴 작은 기계가 있었고 기계 위에 사탕처럼 생긴 빨강, 파랑, 노랑 버튼이 있었어요. 꼭 누르고 싶게 생겼어요.

'저건 뭘까? 오……, 소…… 름!'

반디의 털이 모두 동시에 꼿꼿하게 일어났어요. 반디는 정확히 일 년 전 이 기계를 봤어요. 불꽃놀이 연출가가 색깔 버튼을 누를 때마다 폭죽이 하늘로 퐁퐁 튕겼고 폭죽은 반짝이며 팡팡 터졌어요.

'맙소사!'

반디는 심장이 쿵쾅쿵쾅 뛰었어요.

'나도 모르는 사이, 나를 이곳으로 이끈 어떤 힘, 이걸 운명이라고 하는 걸까?'

반디는 오늘 밤 운명 같은 일이 생길 것 같았어요. 하지만 반디의 머릿속 생각과 다르게 몸은 우리 안에 있었어요. 돼지감자 아저씨는 반디를 우리 안으로 보내고 문을 잠갔어요.

"챙, 철커덕, 끼익."

돼지감자 아저씨는 반디에게 인사했어요.

"반디, 잘 자."

반디는 오늘 밤, 잠만 잘 수 없었어요. 불꽃놀이를 두고 잠을 자다니 그건 예의가 아니었어요.

'축제의 밤을 어떻게 즐길까? 일단 이곳이 아닌 저곳에 있어야겠지?'

반디에게 문 열기는 축구공을 차면서 솜사탕을 먹는 것보다 쉬웠어요. 돼지감자 아저씨는 알 턱이 없었지요. 반디는 기다렸어요. 돼지감자 아저씨가 콩처럼 작게 보

일 때까지.

"끼익 끼익, 철컹철컹, 툭툭, 챙"

문이 열렸어요. 반디의 목표 지점은 장미정원의 작은 기계 앞이었어요. 반디는 눈에 띄지 않게 어두운 곳으로만 다녔어요. 콧구멍을 벌렁거리며 빠르게 움직였어요.

그 시각, 불꽃놀이 연출가 김 피디와 '베어랜드' 원장은 바다동물관 앞에 있었어요. 불꽃놀이는 '베어랜드'의 큰 행사여서 원장도 반디만큼 기대가 컸어요.

"맑은 밤이네요. 불꽃놀이에 딱 좋은 날씨예요. 김 피디님, 준비는 잘 하셨죠?"

김 피디는 자신만만하게 고개를 끄덕였어요.

"완벽합니다. 원장님. 오늘은 세계 최초 신개념 불꽃을 보실 거예요. 기대하세요!"

"신개념이라, 너무 궁금한데요?"

"'무지개 폭포'라는 불꽃인데요. 폭죽이 터지면서 폭포수처럼 불꽃이 쏟아지고 폭포 가운데에서 빨주노초파남보 불꽃이 연달아 터질 거예요. 무지개 불꽃을 어마어마하게 뿌리는 거죠."

"정말 기대되는군요!"

"상상해 보세요. 불꽃으로 피어나는 무지개. 사람들 마음속에 깃들어 있는, 뭐랄까 희망도 좋고, 사랑도 좋고, 뭐 그런 불덩이가 하늘로, 하늘로 솟구칠 거예요."

이때 거대한 불덩어리가 하늘로 솟았어요.

"피 유 웅!"

빛 덩어리는 하늘에 눈썹 같은 선을 그리고 나서 폭포처럼 쏟아졌어요. 이어서 무지개가 걸리듯 일곱 빛깔이 나타났어요. 엄청난 불꽃이었어요. 김 피디가 말한 '무지개 폭포'였어요. 원장이 하늘로 턱을 쭈욱 들었어요.

"저렇게요?"

김 피디도 하늘을 봤어요.

"저렇게요! 상상만 해도 황홀하지 않습니까!"

원장은 알 수 없는 표정을 지었어요.

"저건 상상이 아니잖아요! 실제로 터지고 있어요."

김 피디는 하늘 한 번, 원장 한 번 번갈아 보았어요.

"어, 어, 저게, 저게, 도대체 어떻게 된 일이야? 으악!"

그러거나 말거나 불꽃은 '파파 팡' 부서졌어요.

"횡, 파파 팡! 횡, 파파 팡!"

김 피디는 장미정원으로 뛰었어요. 사람들은 하늘에서 눈을 떼지 않고 손뼉을 치고 기뻐했어요.

"와! 우와!"

"정말 멋지다."

"최고다!"

"처음 보는 불꽃이야!"

반디는 사람들의 환호와 박수에 들떠 신나게 버튼을 눌렀어요. 반디의 손이 빠르게 움직일수록 더 많은 불꽃이 터졌고, 사람들의 감탄하는 소리는 덩달아 커졌어요. 반디는 오케스트라 지휘자처럼 하늘을 향해 팔을 벌리고 불꽃놀이 축제의 밤을 느끼며 가만히 눈을 감았어요. 반디는 자기가 원하는 것을 알 것 같았어요. 가슴 속에 이름을 붙일 수 없는 감정들이 가득했어요. 태어나서 한 번도 '베어랜드' 밖을 나가지 못했지만, 오늘은 하늘을 나는 것 같았어요. 하늘의 불꽃이 자기 같았어요.

"반디! 너 지금 뭐 하는 거야?"

돼지감자 아저씨였어요. 그 뒤에서 얼굴이 불꽃같이 붉은 김 피디가 머리를 쥐어뜯었어요.

"이 말썽꾸러기. 어떻게 하면 좋아!"

돼지감자 아저씨는 금방 울 것 같았어요. 김 피디는 붉으락푸르락 얼굴빛이 변하면서 발을 쿵쿵 구르며 반디를 잡아먹을 듯 노려봤어요.

"너 거기 꼼짝 마. 꼼짝 말고 있어!"

반디는 가만히 있는 척하다 후다닥 도망쳤어요. 사람들 사이를 요리조리 피해 계속 달렸어요. 사람들은 반달곰이 뛰어가자 소리를 지르며 손을 흔들었어요. 반디는 앞만 보고 뛰었어요.

< 통행 제한. 관계자 외 출입 금지 >

'베어랜드' 뒷산에는 관람객이 갈 수 없는 숲이 있어요. 나무와 풀이 쑥쑥 자라는 숲은 가로등 같은 불빛이 하나도 없이 컴컴했어요. '야생 반달곰 훈련장'이었어요. '야생 반달곰 훈련장'은 멸종 위기의 반달곰을 구출해

자연으로 보내기 위해 훈련하는 곳이에요. 어둠 속에서 그르렁거리는 소리가 들렸어요. 반디는 '야생 반달곰 훈련장' 한쪽에 웅크리고 있었어요. 훈련장 안에는 다른 반달가슴곰도 있었어요. 며칠 후면 지리산으로 가는 해곰이, 달곰이, 별곰이였어요. 달곰이가 반디에게 왔어요.

"꼬맹이! 또 말썽을 부린 거야?"

"쉿! 조용히 해. 나 잡히면 큰일 나."

달곰이 옆으로 해곰이와 별곰이도 왔어요.

"어림없는 소리! 여기가 어떤 곳인지 몰라?"

"우린 야생으로 갈 몸이야. 너처럼 과자 부스러기나 밝히는 녀석이랑 차원이 다르지. 돌아가."

반디도 지지 않았어요.

"잘난 척은! 아까 내가 만든 불꽃놀이 봤지?"

해곰이는 한숨을 쉬었어요. 달곰이는 궁금했어요.

"그래? 네가 불꽃을 터트렸어?"

반디는 가슴을 쫙 폈어요.

"난 말이야. 세상에서 최고 멋진 불꽃놀이 연출가가 될 거야."

해곰, 달곰, 별곰이는 서로 눈길을 주고받으며 푸들푸
들 웃었어요.

"과자 먹기 대회에 나가지 그러니?"

"솜사탕 먹기 대회에 나가든가!"

반디는 기분 나빴어요.

"두고 봐. 멋진 불꽃놀이 연출가가 될 거야!"

반디는 지휘자처럼 팔을 앞으로 뻗었어요. 그때였어
요. 포획용 그물이 허공에 휙 뿌려지더니 반디를 덮쳤어
요. 바둥거렸지만 빠져나갈 수 없었어요. 결국 반디는 이
동용 우리에 실려 '베어랜드'로 돌아갔어요. 반디가 동물
우리를 지날 때마다 동물들은 한마디씩 했어요. 원숭이
도, 과나코도, 앵무새도, 타조도.

"반디. 오늘도 한 건 했구나!"

"한 일주일은 못 보겠네."

"사고뭉치, 언제쯤 철들래!"

"아저씨 그만 좀 괴롭혀! 불쌍하지도 않니?"

"반디, 힘내! 다음에 또 재밌는 거 보여줄 거지?"

반디는 동물들이 놀리는데도 기분이 좋았어요.

"봤지? 봤지? 내가 불꽃을 만들었어!"

반디는 밤이 무서웠어요. 깜깜한 밤이 지우개처럼 세상을 지우는 것 같았어요. 하지만 더 이상 밤이 무섭지 않고 오히려 더 좋았어요.

'까만 밤 덕분에 불꽃이 더 아름다웠어.'

반디의 반달 가슴은 쿵작쿵작 춤을 췄어요.

"나는 불꽃놀이 연출가가 될 거야!"

다른 동물들은 반디의 꿈이 이상했어요. 곰은 불꽃놀이 연출가가 될 수 없다고 생각했어요.

"정신 차려 반디! 너는 아직 세상을 잘 몰라."

"아냐! 나는 꼭! 불꽃놀이 연출가가 될 거야."

반디는 자신의 소중한 꿈을 남의 비웃음 때문에 포기할 생각은 없었어요.

"피웅!"

축제의 밤, 마지막 불꽃이 가늘고 힘없는 소리를 내며 하늘에 걸렸어요. 불꽃이 김 피디의 눈물처럼 흘렀어요.

"주르륵."

사고뭉치 🐾

"얼른 올라가! 불꽃놀이 연출가, 오늘은 많이 걸어야 할 거야."

돼지감자 아저씨와 반디는 운동실에 있어요. 약하게 태어난 반디만을 위한 운동실이에요. 운동실에 오자마자 돼지감자 아저씨는 러닝머신의 전원을 켰어요. 반디는 러닝머신 위로 올라가 터덜터덜 걸었어요. 불꽃놀이 소동이 있은 날부터 반디는 돼지감자 아저씨에게 고분고분했어요. 돼지감자 아저씨는 곁눈으로 반디를 보면서 스마트폰 게임을 했어요. 시간이 흐르면서 머리를 만졌다, 목을 긁었다, 어느새 스르륵 잠들었어요. 아저씨는 잠결에도 중얼거렸어요.

"반디, 계속 걸어요! 옳지, 착하다."

반디는 부루퉁한 얼굴이에요.

"똑똑. 똑똑."

돼지감자 아저씨는 깜짝 놀라 일어났어요.

"네네."

문이 열리고 수의사가 들어왔어요.

"안녕하세요?"

"네. 안녕하세요."

수의사는 반디를 보며 웃었어요.

"우리 불꽃놀이 연출가, 잘 있었어?"

돼지감자 아저씨는 '불꽃'만 들어도 화가 났어요.

"불꽃놀이! 말도 꺼내지 마세요. 저 녀석 때문에……, 어이구."

"이번엔 너무 심했어. 반디."

수의사는 반디의 자료를 꺼내며 반디의 검사 결과를 말했어요.

"반디 체지방이 많이 줄었네요."

'오, 예.'

반디는 곧바로 러닝머신에서 내려와 수의사 다리에 매달렸어요. 수의사는 웃으면서도 엄격하게 말했어요.

"반디, 다시는 안 그럴 거지? 약속하면 같이 산책할 수 있어!"

반디는 빠르게 고개를 끄덕였어요.

"사육사님, 반디 산책 좀 시킬게요."

"안 돼요. 수의사님. 또 무슨 일이 벌어지면……, 절대 안 돼요."

수의사도 물러서지 않았어요.

"고도비만에 지방간까지 있는 앤데, 이러면 동물 학대예요."

돼지감자 아저씨는 '동물 학대'라는 말에 움찔했어요.

"말썽 안 부릴 거지, 반디?"

돼지감자 아저씨는 산책을 허락했어요. 수의사는 반디의 손목에 줄을 단단하게 묶었어요.

"반디, 오늘은 반달곰 훈련장으로 가보자."

열 걸음 정도 걸었을 때 반디가 두리번거리기 시작했어요. 저만치에서 솜사탕을 들고 다가오는 아이를 발견한 반디는 망설임 없이 물구나무를 섰어요. 수의사는 손목 줄을 살짝 당기며 말렸어요.

"안 돼! 반디."

반디는 쩝 입맛을 다시고 돌아섰어요.

"건강 때문에 그래. 해곰이, 달곰이, 별곰이는 지리산으로 가는데 부럽지도 않아?"

반디는 깜짝 놀랐어요.

'지리산으로?'

둘은 반달곰 훈련장에 도착했어요.

"반디, 곧 헤어질 텐데 인사하자."

해곰이, 달곰이, 별곰이는 반디에게 손을 흔들었어요. 반디는 곰들을 물끄러미 봤어요. 차곡차곡 쌓은 사과 탑이 와르르 무너지는 것 같았어요. 해곰이, 달곰이, 별곰이가 언젠가 떠날 줄 알았지만, 그 시간이 이렇게 빨리 올 줄 몰랐어요. 운동실로 돌아온 반디는 팔을 축 떨어뜨리고 몸을 움츠렸어요. 돼지감자 아저씨가 간식으로 닭을 주었지만, 손도 대지 않았어요.

"웬일이야, 반디? 닭이라면 정신을 못 차리는 녀석이?"

반디는 시무룩했어요.

"알겠다. 반달곰들과 헤어지는 게 섭섭하구나. 어떡하니 이미 정해졌는걸. 너도 지리산으로 가면 좋겠지만, 넌 몸이 너무 약해. 그래서 이렇게 특별 돌봄을 받는 거잖아! 여기도 좋지? 사람들이 널 귀여워하고 재미있는 일도 많고. 안 그래? 나랑 여기서 계속 지내자!"

돼지감자 아저씨가 반디를 달랬지만, 반디의 눈에는 그렁그렁 눈물이 고였어요.

다음날이었어요. 카메라와 마이크를 든 방송국 기자들이 왔고, 반달곰들을 지리산으로 데려갈 수송용 트럭도 '베어랜드'로 들어왔어요. 트럭에는 <반달곰 방사 프로젝트> 현수막이 걸렸어요. '베어랜드' 직원들은 반달곰 인형을 트럭으로 옮기느라 바빴어요. 반디와 다른 곰을 닮은 인형은 반디만큼 큰 것부터 반디의 손바닥만 한 것까지 다양했어요.

"해곰이, 달곰이, 별곰이. 이번 프로젝트로 지리산에 방사될 곰들입니다. 세 마리의 곰들은 '베어랜드'에서 야생 적응훈련을 받았고 이제 '베어랜드'를 떠나 지리산의 대자연으로 향합니다. 프로젝트의 성공을 기원하며 '베어랜드' 관계자들은 시민들과 지리산 현지 관람객들에게 반달곰 인형을 선물합니다. 지리산 반달곰 방사 프로젝트의 성공을 온 국민과 함께 기원합니다. 이상 '베어랜드'에서 김시연 기자였습니다."

방송을 끝낸 기자와 스태프들은 카메라와 마이크를 챙겨 지리산으로 서둘러 떠났어요. 방송국 차가 떠나자, 차 아래에 엎드려 있던 반디가 덩그러니 드러났어요. 반디는 망설이지 않고 곧장 수송용 트럭에 탔어요. 반디는 선물용 인형들 사이에 끼어 앉았어요. 멀리 반디를 찾는 돼지감자 아저씨가 보였지만 꼼짝하지 않았어요. 이어서 수송용 트럭을 타려고 해곰이, 달곰이, 별곰이가 왔어요. '베어랜드' 원장과 많은 사람이 손을 흔들었어요. 정말 작별이었어요. 해곰, 달곰, 별곰이는 설레었어요.

"반디도 우리랑 같이 갔으면 좋았을 텐데."

달곰이는 아쉬웠어요. 해곰이가 달곰이에게 말했어요.

"그 녀석은 산에서 하루도 못 버틸걸. 과자도 없고 솜사탕도 없잖아. 걔가 원하는 곳은 동물원이야! 그러니까 너무 걱정하지 마.”

계속 곰 인형을 뚫어지게 보던 별곰이가 감탄했어요.

“얘들아, 이 곰 인형들 정말 잘 만든 거 같아. 우리랑 똑같아. 냄새까지.”

그때 반디의 눈동자가 스르륵 움직였어요.

“으악!”

별곰이는 뒤로 넘어지며 엉덩방아를 찧었어요. 반디가 깔깔 웃었어요.

“나야 나. 반디라고!”

“어떻게 된 거야, 반디?”

세 반달곰은 눈이 휘둥그레졌어요.

“나도 갈 거야! 지리산!”

해곰이는 반디를 말렸어요.

“거기가 얼마나 위험한 곳인 줄 알아? 너 같은 꼬맹인 어림없다고.”

“그래도 좋아, 그래도. 딱 한 번만이라도 보고 싶어.”

별곰이도 해곰이를 거들었어요.

“거긴 ‘베어랜드’와 달라. 돼지감자 아저씨가 거기에

있을 거 같아?"

"걱정하는 마음은 고맙지만, 괜찮아. 난 자유가 좋아! 지리산이 얼마나 멋지고 재미난 곳인데. TV로 봤어. 뭐 초콜릿을 못 먹는 건 좀 아쉽지만. 과자도, 솜사탕도, 왕꿈틀이도, 사과도……. 하지만 모험은 신나는 거잖아!"

"불가능한 건 빨리 단념할수록 좋아!"

별곰이는 단호했어요.

"너희들이 도와주면 돼. 부탁이야. 이대로 포기하면 난 과자만 먹다 병으로 죽고 말 거야."

해곰이, 달곰이, 별곰이는 동시에 한숨을 쉬었어요.

반달곰들을 태운 트럭은 지리산 속을 쌩쌩 달렸어요. 반디는 창문에 바짝 매달렸어요. 가만히 있어도 풍경이 계속 바뀌는 게 신기했어요. '베어랜드'와는 다른 나무, 길, 산과 하늘에 마음을 빼앗겼어요.

곰들을 태운 트럭은 지리산 < 종 보존센터 >에 도착했어요. 문이 열리고 트럭 안으로 빛이 쏟아졌어요. 빛 때문에 곰들은 눈을 찡그렸지만, 빛을 따라온 맑은 바람 덕분에 시원했어요. < 종 보존센터 > 연구원들이 해곰이,

달곰이, 별곰이를 밖으로 옮겼어요. 반디는 다시 인형처럼 가만히 있었어요. 연구원들은 체온계, 청진기 등으로 반달곰들의 건강 상태를 살폈어요. 그때 달곰이가 '풀썩' 쓰러졌어요. 사람들이 한꺼번에 달곰이에게 몰렸어요. 사람들이 달곰이를 살피는 사이 반디는 내려와 트럭 뒤에 숨었어요. 이번에는 해곰이가 쿵 쓰러졌어요.

"곰들이 왜 이러지?"

사람들은 해곰이 쪽으로 우르르 몰렸어요. 별곰이가 신호를 보냈어요. 반디는 해곰이와 달곰이 그리고 별곰이에게 손을 흔들었어요. 곰들도 손을 흔들었어요.

"뭐야, 경련이야?"

사람들은 곰들이 경련을 일으키는 줄 알고 긴급 마사지를 했어요. 반디는 지리산 속을 달리고, 달리고, 달렸어요. 해곰이, 달곰이, 별곰이는 숲에서 눈을 떼지 않았어요. 숲으로 첨벙 뛰어든 반디는 얼마 동안 사라졌다, 다시 나타났어요. 반디는 비탈길을 숨 가쁘게 뛰어 〈종 보존센터〉가 내려다보이는 산등성이에서 멈추었어요. 〈종 보존센터〉 마당의 반달곰들이 손바닥처럼 작게 보였어요. 반디는 해곰이, 달곰이, 별곰이가 외치는 소리를 들었어요.

"어서 가! 어서!"

반디는 다시 산의 등줄기를 훌쩍 넘고 힘차게 걸었어요. 지리산 나무들은 마주칠 때마다 물결처럼 반짝이며 반디에게 인사했어요. 키가 작은 신우대가 들판에 가득 펼쳐졌어요. 반디는 신우대에서 덤벙덤벙 뛰고 몸을 굴리며 마음껏 자유를 마셨어요. 가슴이 터질 것 같았어요.

'베어랜드'의 사육사들은 반디를 찾아 뛰어다녔어요.

"이 녀석이 어디로 간 거지?"

돼지감자 아저씨의 얼굴은 창백했어요. 다른 사육사가 조심스럽게 말을 꺼냈어요.

"이렇게 오랫동안 나타나지 않은 적은 한 번도 없었는데. 그런데요. 아까 보니까, 예전에 막았던 개구멍 있잖아요……. 옛날에 유기견들이 그쪽으로 들어와서 말썽이 난 적이 있던……?"

돼지감자 아저씨가 되물었어요.

"왜요, 거기 무슨 흔적이 있었어요?"

"좀 전에 순찰하는데, 막혔던 구멍이 뚫려 있었어요."

돼지감자 아저씨는 점점 더 창백해졌어요.

"맙소사! 그럼 신고부터 해야 하는 거 아냐? 사람들이 위험할지도 모르는데."

다른 사육사의 말에 돼지감자 아저씨는 발끈했어요.

"사람들이 위험하다니요?"

"모르죠. 그래도 녀석은 곰인데, 갑자기 공격본능이 살아나서……"

"반디를 잃어버리고 그게 할 소리예요? 아기 때부터 줄곧 사육사들한테 분유 받아먹으며 큰 앤데. 어떻게 사람을 공격해요? 오히려 나쁜 사람들한테 잡히지 않으면 다행이지."

돼지감자 아저씨는 반디 생각에 눈물이 났어요.

"반디야……"

반짝이는 엉덩이 🐾

　　반디는 산꼭대기에 우뚝 서서 산들바람을 맞고 있었어요. 바람이 콧속으로 호비작호비작 파고들더니 온몸의 털이 한 올 한 올 춤을 추었어요. 반디는 크게 외쳤어요.

　　"나는 자유다! 나는 자유다!"

　　해가 놀랐는지 숨어 버렸어요. 해가 사라지자, 하늘은 까맣게 변했어요. 고래가 분수공에서 공기 방울을 뿜는 것처럼 산의 등줄기에서 별이 터져 나왔어요. 하늘은 금세 별로 가득 찼어요. 반디는 눈앞에 있는 별을 만지려고 팔을 쭈욱 뻗었어요.

　　"안 돼! 위험해!"

　　크고 빠른 목소리가 와장창 들렸어요. 돌아봤지만 아무도 없었어요.

　　"응? 뭐지?"

갸웃거리는 반디 앞에 빨간 불빛 두 개가 번쩍 나타났어요.

"으악!"

반디가 뒷걸음쳤어요.

"멈춰! 거긴 낭떠러지야!"

반디의 발이 벼랑 끝에서 멈췄어요. 한 걸음만 뒤로 갔더라면 큰일 날 뻔했어요. 반디는 천천히 불빛에 다가갔어요. 끔뻑거리는 불빛은 부리부리한 올빼미 눈이었어요.

"넌 누구니?"

"도깨비인 줄 알았어요."

"처음 보는 아인데. 어디서 온 거야?"

"베어랜드요."

"베어랜드? 그게 어딘데?"

"베어랜드를 몰라요? 사람들이 정말 좋아하는 곳인데?"

"인간 세계를 말하는 모양인데 난 알 필요가 없지. 근데 어떻게 이곳에 왔어? 길을 잃었어?"

"아뇨. 너무 오고 싶었어요. 모험하려고!"

올빼미는 모험을 위해 지리산에 온 곰이 궁금했어요.

"그래? 이름이 뭐니?"

"반디. 반디예요."

올빼미가 껄껄 웃었어요.

"왜 웃어요?"

"너처럼 덩치 큰 녀석이 반디라니 너무 우습잖아!"

올빼미는 반디를 신경 쓰지 않고 계속 웃었어요. 반디는 살짝 화가 났어요.

"내 이름이 뭐 어때서요?

"잘 봐."

올빼미는 신우대가 우거진 쪽을 가리켰어요. 반디는 어리둥절했어요.

"아무것도 안 보이는데요?"

"기다려 봐."

신우대에서 하나둘 불빛이 돋았어요. 불빛은 은은하고 부드러웠어요. 소리 없는 음악 같았어요.

"보이니? 작은 불빛들? 저 아이들이 반디란다. 작은

곤충들이지. 넌 커다란 뚱보 반달곰이고.”

“그렇긴 하지만, 저도 반디예요.”

올빼미는 반디를 놀렸어요.

“엉덩이에 불을 켜 봐!”

반디는 올빼미에게 툭 쏘아붙였어요.

“아저씨! 어떻게 엉덩이에 불을 켜요? 얼마나 뜨거운데요. 순 거짓말쟁이 아저씨. 눈만 부리부리해서!”

“눈 얘긴 하지 마. 네가 눈 큰 설움을 알아? 어릴 때 얼마나 많이 놀림을 받았는데. 나쁜 녀석.”

반디는 곧바로 사과했어요.

“미안해요. 그러려고 그런 게 아니라 아저씨가 엉덩이에 불을 켜라고 놀리니까.”

“네가 반디라고 우기니까 그랬지.”

“우기는 게 아니라 저도 반디예요. 반디!”

올빼미는 피식 웃었어요.

“똑똑히 봐! 구…… 구구……”

올빼미가 소리를 냈어요. 올빼미의 노래 같은 소리에 이어 곤충의 날개 비비는 소리가 났어요.

"쓱쓱 쓱쓱 샤샤, 스르륵 샤샤."

소리가 점점 커지고 반딧불이가 바로 눈앞에 나타났어요. 반딧불이는 엉덩이에 볼록하게 힘을 주었고 불빛은 더 밝아졌어요. 반디는 눈을 크게 크게 떴어요. 반디가 손을 내밀었더니 반딧불이는 손바닥에 앉았어요. 올빼미가 말했어요.

"불빛이 어디에서 나지?"

"정말이네요. 신기해요. 진짜 엉덩이에서 빛이 나요."

"이제 남을 거짓말쟁이로 몰았으니 책임질 각오는 돼 있겠지?"

"죄송해요. 정말 상상도 못 했어요."

"말만으로는 안 되지. 너도 반디라고 했으니 네 엉덩이에도 불이 나는지 봐야겠다!"

"네?"

반디는 자기 엉덩이를 돌아봤어요. 엉덩이가 불붙은 것처럼 환했어요.

"으아! 진짜 불이 났잖아! 으악!"

반디는 허둥지둥 뛰었어요. 작은 샘에 첨벙 뛰어드는 순간, 반딧불이들이 화르르 흩어졌어요. 반디는 홀라당 젖었어요. 올빼미는 가까이 날아와 배꼽이 빠지게 웃었어요.

"킥킥킥, 우하하하, 우하하하!"

반딧불이들은 반디 곁을 빙빙 돌았어요. 하늘에는 별들이 총총 떠 있고, 땅에는 반딧불이들이 깜빡였어요. 올빼미는 큰 나무에 앉아 밤을 지키고, 반디는 나무 아래 신우대 속에서 지리산의 첫 밤을 보냈어요.

아침이었어요. 햇살이 구석구석 돌며 숲을 깨웠어요. 반디는 아직도 자고 있었어요. 올빼미는 눈을 떴다가 스르륵 감았다, 다시 눈을 떴다 감았다, 되풀이했어요.

"꼬르륵! 꼬르륵!"

올빼미는 더 이상 참을 수 없어 번쩍 눈을 떴어요.

"도저히 안 되겠어. 꼬맹이, 제발 딴 데 가서 자면 안 되겠니? 난 귀가 가뜩이나 예민한데, 네 배에서 나는 소리 때문에 도저히 잘 수가 없잖아. 꼬맹이! 반디!"

올빼미의 목소리가 점점 커졌어요.

"반디!"

반디가 부스스 일어났어요.

"더 자고 싶은데 왜 깨우세요?"

"왜, 하필, 내 집 아래에서 자는 거야. 다른 데로 가면 안 되겠니? 나는 지금부터가 자는 시간이야! 제발 다른 데로 가 줘! 잠들 수가 없다고!"

반디는 하품을 길게 뽑았어요.

"여기가 좋아요. 푹신하고, 상쾌하고, 또 아저씨 같은 친구도 있고!"

올빼미가 콧방귀를 킁 뀌었어요.

"친구? 누구 마음대로? 난 너 맘에 안 든다고!"

"저는 아저씨가 좋아요. 안녕히 주무세요."

그때 올빼미 머릿속에 뭔가 떠올랐어요.

"좋아. 조금만 옆으로 갈래? 딱 한 발짝만. 몸을 한 바퀴만 굴리면 돼. 그럼 내가 잘 수 있을 거 같거든.”

반디는 빼꼼히 한쪽 눈만 떴어요.

“그 정도 부탁이라면 뭐. 친구 간의 의리도 있으니까.”

반디는 누운 채로 몸을 한 바퀴 굴렸어요.

“앗, 따가워!”

반디가 벌떡 일어났어요. 고슴도치 한 마리가 털을 바짝 치켜세우고 쏘아붙였어요.

“왜 덮치는 거야? 지금 구르기 공격을 한 거야?”

반디는 뒤로 물러섰어요.

“아냐. 미안해. 저 장난꾸러기 아저씨 때문에.”

고슴도치 고돌이는 화가 풀리지 않았어요.

“낯선 녀석이 나타나서는, 아침을 망치는 거야!”

반디는 머리를 벅벅 긁으며 올빼미에게 외쳤어요.

“아저씨 나빠요!”

“그러니까 제발 다른 데로 가. 아니면 배에서 꼬르륵거리는 소리 좀 내지 말든가.”

“배고파서 그런 걸 어떡해요. 일부러 내는 것도 아니잖아요!”

"먹으면 될 거 아니니?"

"먹을 게 있어야 먹죠."

올빼미는 고개를 절레절레 흔들었어요.

"먹을 게 없다고? 어이가 없군. 넌 코 뒀다 뭐하니? 곰 맞아? 아무리 인간 세계에서 왔어도 그렇지. 냄새도 못 맡는 거야? 쯧쯧 눈 감아 봐, 어서."

"또 이상한 짓 하려는 거 아니죠?"

반디는 실눈을 뜨고 코를 킁킁거렸어요. 솜사탕과는 다르지만 정말 달콤한 냄새가 났어요. 냄새를 따라간 곳에 하트 모양의 풀이 있었어요.

"좋은 냄새가 나요!"

"맙소사. 이 녀석아! 그게 너 같은 곰들이 제일 좋아하는 풀이야. 그래서 이름도 곰취라고 부른다고!"

'정말일까?'

반디는 풀을 조금 뜯어 먹었어요.

"아저씨, 이거 정말 맛있어요! 고마워요!"

"나쁘댔다, 고맙댔

다, 하여간 맘에 안 들어! 앞으론 머리 말고 네 코를 믿어!"

　반디는 올빼미의 말은 듣는 둥 마는 둥 하고 곰취 옆에 털썩 주저앉았어요.

　"으악!"

　고돌이를 또 건드렸어요. 고돌이는 또 가시를 바짝 세웠어요.

　"왜 자꾸 이러지? 너 때문에 떨어뜨렸잖아. 내 왕꿈틀이 어디 갔지?"

　"왕꿈틀이?"

　반디는 '베어랜드'에서 먹던 길쭉하고 쫀득한 젤리 왕꿈틀이가 생각나 침이 고였어요. 혀를 빼고 왕꿈틀이를 찾으려고 풀숲을 헤쳤어요. 고돌이가 먼저 외쳤어요.

　"찾았다!"

반디는 침을 삼키며 고돌이에게 다가갔어요. 그런데 고돌이가 찾은 것은 왕! 꿈틀거리는 지렁이였어요.

"꿈틀꿈틀 왕 꿈틀 너무 맛있어."

반디는 낯설었지만, 고돌이처럼 지렁이를 입에 넣었어요. 얼굴을 찌푸리며 바로 뱉었어요.

"윀!"

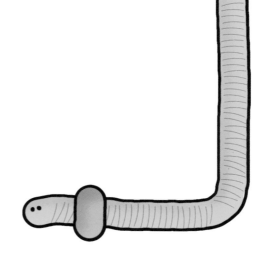

달달한 달고나 🐾

미류와 석류는 지리산에 살아요. 미류는 열 살이고 동생 석류는 일곱 살이에요. 미류는 지리산 반달초등학교에, 동생 석류는 반달초등학교 병설 유치원에 다녀요. 학교와 유치원이 끝나면 미류와 석류는 곧장 개울에 갔어요. 요즘은 개울에서 가재를 잡을 수 있었어요. 미류와 석류는 개울에 들어가 가재가 놀라지 않게 살살 움직였어요. 그리고 큰 돌을 들춰서 숨어 있던 가재가 도망가면 석류가 가재의 집게발을 피해 등을 꼭 집었어요.

"잡았다!"

"배를 잘 봐. 알이 있으면 놔줘."

"네!"

가재 잡기에 푹 빠진 둘에게 얼굴에 수염이 가득한 텁석부리 아저씨가 다가왔어요.

"너희 뭐하니?"

"가재 잡는데요?"

"이렇게 깊은 산속에서 놀아?"

석류가 개울 근처의 집을 가리켰어요.

"저기 보이는 집이 우리 집이에요. 서울에서 이사 왔거든요. 석 달 됐어요."

텁석부리는 석류가 가리키는 곳으로 얼굴을 돌렸어요.

"이사? 그렇구나. 6개월 전엔 빈집이었는데. 엄마 아빠는 뭐 하시는데?"

석류가 또 나섰어요.

"우리 아빠는 회사에 다니셨는데 이젠 약초를 키우실 거예요. 약초 키우는 거 배우러 산 아래에 가셨어요."

"고 녀석 똘망똘망하게 말도 잘하네. 엄마는?"

석류는 텁석부리의 칭찬에 신이 나 계속 말했어요.

"엄마는 풀로 물감을 만드세요. 그 물감으로 천에 색깔도 내고 옷도 만들어요."

"약초 재배와 천연 염색이라, 잘 어울린다."

미류는 이것저것 묻는 텁석부리가 불편했어요.

"아저씨는 누구세요? 등산하러 오신 거면 잘못 왔어요. 여긴 길 없어요."

"아, 등산 온 건 아니고 난 이런 사람이지."

텁석부리는 '밀렵 감시단' 띠를 두른 팔을 내밀었어요. 팔띠를 본 미류가 석류에게 말했어요.

"읽어 봐."

석류는 머리를 긁었어요. 미류가 석류에게 말했어요.

"ㅁ이랑 ㅣ가 붙으면 '미', 거기 ㄹ받침이 있으니까 '밀'!"

"놀 땐 그냥 놀자."

미류는 계속했어요.

"네 번째 글자는 쉬우니까 읽어 봐."

텁석부리는 자기 팔띠를 흘끔 보며 미류를 말렸어요.

"얘들아, 얘들아. 아저씨 바쁘거든. 글자 공부는 나중에 하고. 아저씨가 하나만 더 묻자. 너희들 이런 새 본 적 있니?"

텁석부리는 주머니에서 사진을 꺼냈어요. 석류가 자신 있게 말했어요.

밀렵감시단

"이건 팔색조잖아요. 본 적 있죠. 우리 마당에서도 봤어요. 누나, 그렇지?"

미류는 침착하게 텁석부리에게 물었어요.

"그런 걸 왜 물어요?"

텁석부리는 자신의 팔띠를 툭툭 쳤어요.

"보고도 몰라? 아저씨는 밀렵 감시단이잖아. 나쁜 사냥꾼이 팔색조 같은 예쁜 새들을 노리거든. 잡아서 팔려고 말이야. 그런 사람들 나쁜 짓을 못 하게 감시해서 동물을 보호하는 게 아저씨 일이지."

석류는 감동했어요.

"아저씨 착한 사람이네요?"

"착한 사람? 그럼. 착한 사람이지."

텁석부리는 빙긋 웃으며 다른 사진도 꺼냈어요.

"이 새는 못 봤니?"

또 석류가 나섰어요.

"그런 새는 못 봤어요. 이상하게 생겼네. 무슨 새지?"

"크낙새란다. 멸종 위기라서 아저씨 같은 사람들이 특별히 관리하지. 혹시라도 말이다. 이런 새를 보면, 아저

씨한테 말해 줄래?"

이번엔 미류가 물었어요.

"어디 사시는데요?"

"저쪽 길로 한참 가면 야영장 나오지? 거기에 아저씨 캠핑카가 있단다. 나중에 새집을 만들 건데 놀러 와. 같이 만들게. 감시활동을 하지 않을 땐 그 차에 있으니까!"

석류는 신났어요.

"그래도 돼요?"

"너희처럼 귀여운 아이들이라면 언제든 환영이지."

"누나 우리 놀러 가자!"

미류는 가만히 있었어요.

"이제 아저씨는 일하러 갈게. 똑똑한 꼬마야, 안녕!"

석류는 미류를 보며 으쓱했어요.

"들었지?"

"뭘?"

"나보고 똑똑한 꼬마라고 하시잖아. 누나만 나한테 바보라고 해."

텁석부리는 미류와 석류를 돌아봤어요.

"꼬맹이들. 잘만 이용하면 일이 한결 쉽겠는데."

미류와 석류는 잡은 가재를 개울에 놔주고 집으로 왔어요. 앞마당 샘가에서 손을 씻은 석류가 먼저 뛰었어요.

"많이 놀았으니까 이제 공부해야지? 나 먼저 간다!"

미류는 갸웃거렸어요.

"웬일이야?"

미류가 문을 열자마자 석류는 국자와 젓가락을 내밀었어요. 미류는 팔짱을 끼고 흘겼어요.

"그럼 그렇지. 공부한다더니!"

"누나도 달고나 좋아하잖아. 딱 한 번만 하고! 공부하자. 응?"

"어유 못 말려!"

미류는 석류의 국자를 뺏었어요. 미류도 달고나를 좋아했어요. 미류가 국자에 설탕을 넣고 살살 부드럽게 저었어요. 석류가 재촉했어요.

"왜 이렇게 안 녹지?"

"성질도 급하긴. 얼마나 지났다고? 살살 좀 기다려."

"엄마한텐 비밀이다?"

"당근이지!"

석류는 손가락을 입에 대고 쉿 하고 씩 웃었어요. 미류도 웃었어요.

"사탕도 맛있지만, 달고나가 훨씬 좋아. 내가 만들어서 그런가?"

미류네 부엌으로 바람이 불어왔어요. 바람은 달고나향기를 태우고 다시 밖으로 흘러갔어요. 달콤한 향기는 흘러 흘러 낮잠을 자는 반디의 콧속으로 들어갔어요. 반디의 코가 쫑긋쫑긋 움직였어요. 반디는 스르르 일어나눈을 감은 채 킁킁거리며 달고나 향기를 따라갔어요.

둥지를 지키던 꿩 부부는 뒤뚱뒤뚱 다가오는 반달곰을 보고 숨이 막혔어요.

"으악! 왜 저러는 거야!"

꿩 부부의 둥지에는 알들이 있었어요. 꿩 부부는 알들을 안고 빠르게 몸을 피했어요. 그러자마자 반디의 발이

둥지를 짓밟았어요. 꿩 부부는 정신을 잃었어요.

"나쁜 녀석! 우릴 죽일 셈이야!"

꿩 부부는 팔짝팔짝 뛰었어요.

"큰일 날 뻔했어요."

반디는 무슨 일이 생겼는지 모른 채 계속 눈을 감고 걸었어요. 층층나무 가지에 다람쥐들이 옹기종기 모였어요. 반디가 성큼성큼 다가와 나무를 쿵 걷어찼어요.

"쾅! 우르르."

충격이 너무 커 다람쥐들은 바닥으로 고꾸라졌어요. 다람쥐 한 마리가 힘들게 나뭇가지에 매달리고 다른 다람쥐들이 서로의 꼬리를 잡아 땅에 떨어지진 않았어요. 대롱대롱 매달렸다 힘겹게 땅에 닿은 다람쥐들은 화가 나 온몸이 빨개졌어요. 반디에게 도토리, 솔방울을 잡히는 대로 마구마구 던졌어요. 반디는 아무것도 모른 채 계속 걸었어요.

수사슴 둘은 뿔을 맞대고 힘겨루기 중이었어요. 반디가 엉킨 뿔 사이로 성큼성큼 지나갔어요. 수사슴들이 쓰러지고 뿔이 댕강 부러졌어요. 수사슴 한 마리는 펄펄 뛰었고 다른 한 마리는 울음을 터트렸어요.

"내 뿔!"

"엉엉, 엉엉"

모두 달고나 때문이었어요. 단내에 푹 빠진 반디는 동물들의 울음과 화난 소리를 못 들었어요. 눈을 감고 계속 걸었어요. 계곡을 지날 때도 첨벙첨벙 물을 튕겼어요. 반디가 떠난 후 물에서 기절한 수달 두 마리가 떠올랐어요. 먼저 정신을 차린 수달이 친구를 안고 밖으로 나왔어요. 친구의 볼록한 배를 꾹 누르자 물을 분수처럼 뿜으며 친구가 깨어났어요.

"무, 무, 무슨 일이야?"

수달은 죽을 뻔할 걸 알고 다시 기절했어요. 반디는 와지끈 나뭇가지 부러지는 소리, 그렁그렁 돌 굴러가는 소리, 동물들의 비명 등을 하나도 못 들었어요. 반디가 지나간 곳은 엉망진창이었어요. 저 멀리 지리산 높은 바위에서 산양이 모든 일을 지켜봤어요. 반디의 발걸음이 뚝 멈춘 곳은 미류와 석류의 집이었어요.

미류는 계속 달고나를 만들었어요.

"누나, 마지막으로 엄청 크게 만들자!"

"좋아."

미류는 열정적으로 설탕을 저었어요.

"킁킁!"

석류는 이상한 낌새에 뒤돌아봤어요. 그리고 작게 미류를 불렀어요.

"누 누나, 저거 좀 봐."

미류는 젓가락을 빙빙 돌리면서 돌아봤어요.

"헉! 곰이잖아!"

드디어 반디가 눈을 떴어요. 반디는 미류와 석류를 보자마자 물구나무를 섰어요. 물구나무를 선 채 왼쪽으로 갔다가 오른쪽으로 갔다가 떠들썩하게 움직이면서 미류가 들고 있는 국자에서 눈을 떼지 않았어요. 미류는 눈을 비볐어요.

"달고나가 먹고 싶은가 봐."

미류가 반디에게 물었어요.

"너 이거 먹고 싶어? 그래서 그래?"

반디는 국자를 뒤집어 입에 부었어요.

"웩!"

반디는 펄쩍펄쩍 뛰었어요. 석류는 반디가 다칠 것 같
아 겁이 났어요.

"뜨거운 걸 그냥 먹으면 어떡해. 얼음! 얼음!"

미류는 얼음을 반디의 혀에 올렸어요.

"그렇게 먹고 싶었어? 너 어디서 왔니? 산에서 왔니?"

반디는 미류의 말은 듣지도 않고 설탕을 봉지째 입에
부었어요.

'으적으적.'

미류와 석류는 눈만 끔뻑끔뻑했어요. 설탕을 다 먹은 반디는 미류와 석류에게 혀를 내밀었어요.

"더 먹고 싶은가?"

"설탕을 한 봉지나 먹고?"

"냉장고에 과일 있잖아."

반디의 눈이 반짝했어요. 반디는 냉장고 문을 활짝 열고 이번엔 과일을 먹어 치웠어요.

'우걱우걱. 꺼억!'

과일까지 먹은 반디는 트림했다, 하품했다, 결국 눈꺼풀이 축 처져서 잠들었어요. 미류와 석류는 반디를 쓰다듬었어요.

"정말 귀엽게 생겼지, 누나?"

"자는 거 보니까 꼭 곰 인형 같아."

"우리 깨우자. 깨워서 또 물구나무 서라고 하자!"

"너는 어째서 하루 종일 심심하니? 피곤해서 저러는 거야. 쉬게 둬."

석류는 잠깐 생각하더니 방에서 장난감 병원 놀이 세트를 가져왔어요.

"그럼, 병원 놀이!"

석류는 장난감 청진기로 반디를 진찰했어요. 미류는 반디를 더 자게 하고 싶었어요.

"내가 할게."

석류는 이제 미류를 진찰했어요.

"숨을 크게 쉬어 보세요. 어디가 아픈가요? 저런! 감기, 몸살, 두통이군. 큰 병이에요. 아프죠?"

미류는 석류가 하라는 대로 했어요.

"네. 아주 아파요."

"내 짐작이 맞았어. 아주 까다로운 병이에요. 어디가 어떻게 아픈지 자세히 말해 보세요."

미류는 가늘고 약한 목소리를 냈어요.

"동생이 하나 있는데요. 누나 마음을 몰라줘요. 마음이 아파요."

석류는 장난스럽게 말했어요.

"별거 아닌 병이네요. 그럴 땐 반창고를 붙이고, 주사 한 대 맞은 다음에 붕대를 감으면 돼요."

"순 엉터리"

"엉터리라니. 지리산 최고의 의사한테!"

반디는 미류와 석류의 아옹다옹 병원 놀이에 꼈어요. 반디가 가려고 하자 미류와 석류는 아쉬웠어요.

"곰아, 가지 마. 우리랑 같이 살자?"

반디도 미류와 석류가 좋았어요. 하지만 고개를 젓고 밖을 가리켰어요.

"우리 누나, 동화책 얼마나 잘 읽는 줄 아니? 같이 들을래? 정말 재미있어."

반디가 가만히 있었어요.

"가야 하나 봐."

반디는 석류의 손등을 핥고 밖으로 나와 지리산에 새로 생긴 자기 집으로 향했어요. 반디는 오랜만에 단것을 마음껏 먹어 기분이 좋았어요. 곰취도 맛있지만, 반디는 '베어랜드'에서 먹었던 과자도 가끔 생각했어요. 석류의 목소리가 들렸어요.

"또 놀러 와. 곰돌아!"

반딧불이 구조대 🐾

미류와 석류를 만나서인지, 오랜만에 먹은 설탕 때문인지 반디는 '베어랜드'를 생각하며 배시시 웃었어요.

"내가 지리산에 있는 걸 알면 '베어랜드' 친구들이 깜짝 놀라겠지?"

반디는 새 보금자리를 향해 걸었어요. 하지만 다섯 걸음을 가지 못하고 멈췄어요. 산양, 멧돼지, 까투리, 장끼, 수달, 수사슴, 뱀, 크낙새, 팔색조, 고슴도치, 토끼, 여우 등 지리산 동물들이 반디를 막았고 매섭게 노려봤어요. 반디는 위를 쳐다보며 올빼미를 찾았어요. 매달리듯 올빼미에게 물었어요.

"아저씨, 무슨 일로 이렇게?"

까투리가 펄쩍펄쩍 뛰며 나섰어요.

"무슨 일로 이렇게? 기가 막혀. 네가 우리 알을 밟아서 깨려던 걸 잊었어?"

장끼도 거들었어요.

"둥지도 짓밟았잖아!"

다람쥐들도 나섰어요.

"우린 나무에서 떨어져 죽을 뻔했다고!"

수사슴들은 우는 것 같았어요.

"우리 뿔, 어떻게 할 거야. 어떻게 할 거야?"

수달은 가슴을 팍팍 치면서 말했어요.

"난 물에 빠져 죽을 뻔했어!"

동물들이 쏘아붙였어요.

"그런 일을 저지르고 뻔뻔하게 다시 나타났어?"

"악당이야, 악당"

"당장 쫓아내야 해!"

동물들의 소리로 숲은 떠들썩했어요. 반디는 무서웠어요. 멍하게 올빼미를 불렀어요.

"아저씨……"

"낮에 네가 한 일들이잖아. 에휴 아무리 바보라도 그렇지. 어쩌자고 그런 일을 했어."

반디는 낮의 일들이 가물가물했지만, 무조건 빌어야
한다고 생각했어요.

"아! 그건, 그건 그러니까요. 제가요, 달콤한 냄새를
맡으면……, 그게 저기……, 저도 모르게……. 죄송해요.
용서하세요."

올빼미는 한숨을 쉬었어요.

"후우."

그때 큰기침 소리가 나고 동물들이 양쪽으로 '쫙' 갈리
면서 길을 만들었어요.

"어험!"

그 사이로 흰 수염을 늘어뜨린 산양이 걸어 나왔어요.

"넌 이 산에 있을 수 없다!"

반디는 산양을 빤히 쳐다봤어요.

"할아버진 누구신데 이래라저래라 참견해요?"

올빼미가 끼어들었어요.

"녀석아, 지리산 동물들의 대표인 산양 할아버지셔.
공손하게 말씀드려."

산양은 엄격했어요.

"지리산에는 이곳만
의 법이 있다. 지리산
을 파괴하는 사람들로부
터 우리가 사는 곳을 지키려
면 목숨을 걸고 지켜야 하
는 법이지. 너는 오늘, 우리
를 위협하고 지리산을
위험에 빠트리는 인간
들과 접촉했다. 인간들
과!"

동물들이 소리를 냈어요.

"우우, 우우."

"그냥 넘길 수 없다! 넌 틀림없이 인간들이 가까이 두
고 귀여워하는 그런 동물이다. 있던 곳으로 썩 돌아가!"

반디가 발끈했어요.

"아니거든요! 나는 위대한 곰이라고요. 그리고 여기
가 좋아요. 여기서 살 거예요!"

산양은 더 엄격하게 말했어요.

"못 알아듣는군. 네 맘에 들고 안 들고, 그건 중요하지 않아! 이건 모든 지리산 동물의 결정이다! 넌 거기에 따라야 해. 그게 이 산의 법이다!"

"그런 법이 어딨어요? 이 넓은 산에 살고 싶으면 그냥 사는 거죠! 난 싫어요. 딴 데 절대 못 가요. 아니 안 가요!"

반디가 맞서자, 동물들은 반디를 몰아세웠어요.

"우우! 우우! 우우!"

산양은 도 장군을 불렀어요.

"하는 수 없군! 도 장군!"

도 장군은 엄니가 날카로운 멧돼지였어요.

'쉬! 쉬!'

도 장군은 콧김을 뿜으며 낭떠러지로 반디를 몰았어요. 반디는 도 장군이 모는 곳으로 뒷걸음질할 수밖에 없었어요. 등 뒤에서 휑한 바람이 불었지만, 이마에는 땀이 줄줄 흘렀어요. 도 장군은 위협하며 한 걸음씩 다가왔어요. 반디는 두 눈을 꼭 감았어요.

'이대로 물러설 수 없어!'

반디는 눈을 번쩍 떴어요. 그런데 동물들이 모두 다른 곳을 보고 있었어요. 동물들의 눈이 쏠린 곳에서 불빛이 깜빡였어요. 불빛은 산에서 산으로, 나무 사이를 통과해 동물들이 있는 곳으로 달려왔어요. 산양이 제일 먼저 뛰었어요. 동물들은 산양을 뒤따랐어요. 올빼미와 다른 새들은 동물들을 앞질러 날았어요. 뛰어가던 도 장군이 반디를 돌아봤어요.

"꼬마야, 운 좋은 줄 알아. 어서 네 갈 길로 가!"

"갑자기 왜 저러죠?"

"다 인간들 때문이지. 너에게 한 번밖에 없는 기회야. 어서 가!"

매섭게 쏘아붙이고 도 장군도 뛰었어요. 혼자 남은 반디는 뒤쪽 벼랑을 내려다보며, 가슴을 쓸었어요.

"후유."

그리고 궁금했어요.

'왜 저러는 걸까?'

반디는 동물들을 뒤쫓았어요. 동물들이 달려간 곳은 차가 달리는 길이었어요. 그곳에 다람쥐 엄마와 아빠가 어린 다람이를 안고 울고 있었어요.

"다람아, 다람아, 정신 차려 봐!"

동물들이 다람쥐 가족을 둘러쌌어요. 다람쥐 엄마는 가슴을 치며 눈물을 흘렸어요. 다람이는 아몬드 한 알을

꼭 쥐고 있었어요. 옆에는 아몬드 깡통이 뒹굴었어요.

"차가 다니는 길에는 얼씬대지 말랬는데. 아이고, 이 녀석을 어쩌면 좋아! 다람아, 정신 차려!"

다람이는 축 늘어져 다람쥐 엄마가 울 때마다 계속 흔들렸어요. 동물들은 고통스러웠어요. 뒤따라온 반디는 다람이의 손이 움직이는 것을 보고 소리쳤어요.

"손가락이 움직였어요!"

동물들이 동시에 뒤돌아봤어요. 도 장군은 험상궂게 반디를 노려봤어요.

"여기까지 오다니!"

반디는 동물들 사이를 비집고 앞으로 나왔어요.

"시끄러워요. 이대로 두면, 진짜로 죽을지도 몰라요!"

올빼미가 반디를 말렸어요.

"어린 녀석이 끼어들 일이 아니야. 가만히 있어."

"살릴 수 있어요. 비켜요."

반디는 다람이를 조심스럽게 손에 올렸어요. 동물들이 벽을 만들어 반디를 막았어요. 그리고 도 장군이 번개처럼 빠르게 반디에게 달려왔어요. 반디는 옆으로 몸을 살짝 돌려, 도 장군을 피했어요. 이번엔 반디가 동물들에게 달려들었어요. 동물들이 순식간에 흩어졌어요. 다람이의 엄마와 아빠는 기절했어요.

"잡아라! 막아라!"

반디는 나무 사이를 요리조리 빠져나가며 달렸어요. 동물들도 반디를 쫓았어요.

미류와 석류는 두 손을 든 채 엄마에게 야단맞고 있었어요. 엄마는 바닥난 설탕 봉지와 텅텅 빈 냉장고를 보며 한숨을 쉬었어요.

"손 더 높이 못 들어? 바짝 들어."

"엄마, 우리 진짜 억울해요. 우리가 한 게 아니라니까요. 곰이."

엄마는 석류의 말을 끊었어요.

"자꾸 거짓말할 거야? 우리 집에 재주부리는 곰이 왔단 말이지? 지리산이 무슨 동물원이야?"

"정말이에요. 엄마. 거짓말이 아니라니까요. 우린 억울해요."

아빠가 나섰어요.

"애들아, 그냥 잘못했다 그래. 그리고 여보, 애들은 그럴 수도 있어. 상상력이 풍부한 애들이 좋대. 그만 화 풀어."

엄마는 더 화가 났어요.

"당신이 맨날 감싸니깐 애들이 이러잖아. 잘못했을 땐 따끔하게 혼내야지."

아빠는 입맛을 쩝 다셨어요. 엄마는 화가 풀리지 않았어요.

"상상력도 정도가 있지. 곰이 집에 들어와서 재롱 피우다가."

그때 문이 벌컥 열렸어요. 반디가 집으로 뛰어 들어왔어요. 엄마는 헐떡거리는 반디를 보면서 말을 잇다 비명을 질렀어요.

"냉장고를 뒤져 먹었다는 게 말이……. 악!"

미류와 석류는 반디를 안았어요.

"곰돌아!"

엄마와 아빠는 입을 다물 수 없었어요. 반디는 탁자 위에 다람이를 내려놓고, 소파 위에 있는 석류의 장난감 병원 놀이 세트를 톡톡 쳤어요. 석류는 금방 알아챘어요.

"다람쥐가 다쳤어? 그래서 치료해 달라고?"

반디가 고개를 끄덕였어요. 엄마 아빠의 입이 더 벌어졌어요. 산양과 다른 동물들은 어둠 속에서 미류의 집을 뚫을 듯이 봤어요. 동물들은 온몸이 붉으락푸르락 터질 것 같았어요. 장끼는 믿을 수 없었어요.

"다람이를 인간에게 줬어. 이런 장면 어디서 본 거 같은데? 어디서 봤지?"

까투리가 대답했어요.

"사냥개야, 사냥개들이 그러잖아. 사냥개 훈련을 받은 곰이 분명해."

까투리의 말에 다람쥐 엄마는 흐물흐물 쓰러졌어요.

"사, 사냥개?"

다람쥐 아빠가 다람쥐 엄마를 붙잡았어요.

"여보!"

반디가 나오면 박치기하려고 도 장군은 발을 쿵쿵 굴렸어요.

　미류의 엄마는 구급약 상자를 꺼내고 아빠는 다람이를
조심스럽게 탁자에 눕혔어요.
　"어머나 세상에, 어떻게 이런 일이!"
　미류와 석류는 다람이를 걱정했어요.
　"피가 나, 아빠. 다리가 부러졌나 봐!"
　아빠가 다람이 다리를 살폈어요.
　"부러진 곳은 없어. 다행이다. 충격으로 정신을 잃은
것 같은데."
　미류는 아빠에게 확인했어요.

"그럼 괜찮은 거야, 아빠?"

"상처에 약 바르고 붕대로 감아주면 괜찮을 거야."

아빠는 엄마에게 부탁했어요.

"여보, 여기 약 좀."

엄마는 소독약과 붕대, 반창고와 가위를 꺼냈어요. 핀셋으로 약솜을 집어서 상처에 콕콕 발랐어요. 미류는 반디의 손을 꼬옥 잡았어요.

"넌 정말 착한 곰이야."

엄마가 반디를 쓰다듬었어요.

"그래 곰돌아. 너 참 착하다."

아빠는 다람이의 다리에 붕대를 감았어요.

"다 됐다."

미류와 석류는 손뼉을 쳤어요. 그때 다람이가 힘없이 엄마를 찾았어요.

'엄마, 엄마.'

반디는 다람이의 목소리를 듣고
창문으로 갔어요. 석류가 도와
주었어요.

"창문 열려고?"

동물들의 모든 눈이 창문으로 쏠렸어요. 다람이의 엄마가 외쳤어요.

"우리 다람이예요! 살았어! 죽지 않았어요."

작지만 다람이의 목소리가 들렸어요.

"엄마, 아빠."

다람이 아빠와 다람이 엄마는 서로 껴안았어요.

"여보, 들려? 다람이가 우리를 불러."

다람이 뒤에서 반디가 쑥 나타났어요. 올빼미가 알아봤어요.

"저 녀석이 다람이를 위해서?"

산양도 고개를 끄덕였어요.

"정말 다행이야."

반디는 다람이를 손으로 감싸고 밖으로 나왔어요. 미류의 가족들이 뒤따라 나왔어요. 석류는 아쉬웠어요.

"곰돌아, 가지 마. 깜깜한 밤이잖아?"

반디는 산을 가리키며 고개를 흔들었어요. 미류는 아빠 팔에 매달렸어요.

"아빠, 곰돌이랑 같이 놀아도 되죠? 착한 곰이잖아요?"

아빠는 조금 망설였지만 허락했어요.

"그, 그래. 또 놀러 와. 곰돌아."

반디는 마당을 가로질러 숲으로 갔어요. 동물들은 반디를 기다렸어요. 반디는 다람쥐 부부 앞에 다람이를 내려놓았어요.

"다람이는 아직 걸을 수 없어요."

다람쥐 부부는 반디에게 매달려 글썽였어요.

"고마워!"

동물들은 반디에게 감사했어요.

"네가 없었으면 큰일 날 뻔했어!"

다음날, 별이 반짝이는 하늘 아래 반디와 동물들이 다시 모였어요. 산양과 다른 동물들은 다람이를 구한 반디를 지리산 가족으로 인정했어요.

산양이 시작했어요.

"반디는 이제 지리산 가족이다. 지리산 가족으로서 할

일이 있어야 할 텐데. 뭐가 좋을까?”

반디는 궁금했어요.

“할 일요?”

수달이 나섰어요.

“우리는 따로따로 사는 것 같지만, 모두를 위해서 한 가지씩 일을 해.”

팔색조가 끼어들었어요.

“예를 들면 난 지리산에서 가장 멋진 팔색조잖니? 이 우아한 몸짓으로 원앙새 같은 철새들이 지리산에 오면 둥지를 틀고 살 만한 곳을 안내하지.”

이번엔 고라니였어요.

“우린 이빨로 풀을 잘라. 왜? 풀이 너무 크면 나무들이 잘 자라지 못하니까. 지리산 정원사라고 할까?”

토끼가 이었어요.

“우린 옹달샘을 관리해. 건강하게 살려면 깨끗한 물을 마셔야지?”

도 장군의 어깨에 불끈 힘이 들어갔어요.

"내 일은 잘 알지?"

동물들은 신났어요. 산양이 나섰어요.

"이러다간 밤을 새워도 모자라겠어. 지금은 반디의 할 일을 생각해야지!"

엄마 다람쥐가 나섰어요.

"우리 다람이를 구했잖아요? 구조대원을 해야죠!"

동물들이 고개를 끄덕였어요. 하지만 반디는 머리를 긁었어요.

"저는 아직 지리산을 잘 모르잖아요."

고돌이가 말했어요.

"걱정할 거 없어. 어제처럼 위급한 일이 생기면, 반딧불이가 깜빡깜빡 신호를 보내니까. 따라가면 돼!"

산양은 올빼미를 보며 말했어요.

"올빼미 밑에서 조금만 배우면, 반딧불이의 신호를 금세 익힐 거야."

올빼미는 펄쩍 뛰었어요.

"네? 저 녀석을 가르치라고요? 그건 싫어요. 전 귀찮은 거 딱 질색이에요."

반디가 히죽거렸어요.

"지리산 법을 모르시나 봐요, 아저씨. 동물들이 결정하면 따라야죠. 안 그래요?"

동물들이 키득키득 웃었어요. 반디는 두 팔을 반듯하게 모으고 산양을 바라봤어요.

"하고 싶어요. 정말 하고 싶어요. 제 이름도 반디잖아요. 그러니까 반딧불이랑 같이 일하는 게 운명 같아요."

산양은 흐뭇했어요.

"좋구나. 반디를 지리산 반딧불이 구조대원으로 임명한다!"

동물들이 기뻐했어요. 올빼미만 고개를 떨구었어요.

"와! 와!"

반디는 해곰이, 달곰이, 별곰이가 퍼뜩 떠올랐어요.

"할아버지. 다른 곰들에게 말해도 돼요? 다른 곰들도 지리산에 새로 왔거든요."

산양은 단호했어요.

"그건 안 돼!"

"네? 안 된다고요?"

"다른 곰들이 왔다는 것도 알아. 그 곰들은 인간들이 건 송신기를 차고 있어. 절대 접촉하면 안 된다. 안 그러면 우리가 인간들에게 노출되니까. 확실히 말한다. 누구도 그 곰들과 만나선 안 돼."

반디는 아쉬웠어요.

"그냥 멀리서, 멀리서 보는 건 괜찮겠죠?"

"그것까지야. 어쨌든 우리를 지키려면 어쩔 수 없단다. 모두 알겠지?"

모든 동물이 고개를 숙였어요.

누가 누굴 길들이니? 🐾

　지리산의 가족이 된 반디는 이곳저곳을 다니며 동물들과 어울렸어요. 수달에게 물고기 잡는 법을 배우고 수사슴들의 힘겨루기 심판도 봤어요. 어떤 날은 하루 종일 해를 쬐며 보냈어요. 그러다 등이 가려우면 고돌이가 털을 쭈뼛 세워 반디의 등을 긁었어요. 다람이와 함께 미류와 석류도 만났어요. 석류는 도토리를 모아 다람이에게 선물했어요.

　"누나, 다람쥐 너무 귀엽다."

　"그래. 이런 동생 있으면 좋겠다."

　석류는 멈칫했어요.

　"응?"

　미류가 크게 웃었어요.

　"으하하! 으하하!"

날이 저물면 반디는 다람이를 어깨에 태우고 돌아왔어요. 반디와 다람이가 나타나면 다람쥐 부부는 한달음에 왔어요.

"우리 다람이 잘 놀았어?"

다람이를 보는 다람쥐 부부의 얼굴이 반짝였어요.

"반디야, 고마워."

반디가 몸을 낮추고 고개를 숙였어요. 다람이는 반디 어깨에서 미끄러지며 내렸어요. 다람이 엄마는 다람이를 꼭 안았어요. 반디는 다람이 엄마와 다람이를 한참 바라봤어요. 반디도 엄마가 보고 싶었어요. '베어랜드'의 돼지감자 아저씨는 반디의 엄마가 해곰이, 달곰이, 별곰이를 차례로 낳고, 막내인 반디를 힘겹게 낳았대요. 작게 태어난 반디가 안쓰러워 제일 먼저 젖을 물린 채 하늘로 떠났다고 했어요.

"반디, 하늘에 계신 엄마도 네가 건강하게 무럭무럭 자라길 바라실 거야."

반디는 엄마가 보고 싶을 때면 까만 밤하늘에 안기는 상상을 했어요. 돼지감자 아저씨가 그런 말을 했을 때 이렇게 엄마가 그리울지 몰랐어요. 엄마 생각에 눈물이 또 르르 흘렀어요. 올빼미가 끼어들었어요.

"지금 우는 거야?"

올빼미는 계속 훌쩍이는 반디가 이상했어요.

"너답지 않게 왜 그래. 반디?"

올빼미는 반디가 가여웠어요.

"그렇게 계속 울면 배고파서 못 잘 거야."

반디는 훌쩍이며 말했어요.

"엄마가, 엄마가 보고 싶어요."

올빼미는 마음이 아팠어요.

"반디, 저길 봐라. 곰들은 말이야. 죽으면 하늘의 별이 된단다. 저기 저 큰곰자리가 곰들의 별자리야. 엄마가 그리우면 저 별을 봐. 네 엄마도 저기서 널 보실 거니까."

반디는 하늘의 큰곰자리를 찾았어요. 정말로 곰 모양 별자리였어요.

"고맙습니다. 아저씨!"

올빼미는 머쓱해 딴지를 걸었어요.

"그나저나 너 언제까지 그렇게 놀기만 할 거니?"

"노는 게 왜요? 나쁜 일 하는 것도 아닌데!"

"녀석아, 그런 뜻이 아니고 미리미리 겨울잠 잘 곳을 찾아야지. 겨울 석 달은 계속 자야 한다고!"

"네? 겨울 내내 잠만 자요? 눈이 오잖아요. 아이스크림까진 아니지만, 눈이랑 고드름도 먹어야죠! 눈썰매도 타고."

"쯧쯧!"

올빼미가 혀를 찼어요.

"이런 철딱서니! 지리산의 겨울은 인간 세계 겨울과는 완전히 달라! 눈이 쌓이고 얼음이 꽝꽝 얼면 먹이를 찾을 수 없어. 그러면 몸에 영양분이 다 빠져서 결국은 얼어 죽어! 영양을 충분히 채우고 잠을 자면서 겨울을 견뎌야지!"

올빼미는 진심이었어요.

"이곳에 살기로 했으니, 내 말을 명심해. 겨울잠에 성공하면 살아남고 실패하면 죽는 거야."

"알았어요. 겨울잠 자면 되죠!"

"어떻게 잘 건데?"

"그냥 쿨쿨 자면 되죠."

"맙소사! 하늘에 계신 네 엄마가 그 말 듣고 참 좋아하시겠구나. 요 녀석아!"

올빼미는 계속 말했어요.

"잘 들어. 동굴이나 크고 오래된 나무 구멍 같은 곳을 찾아. 알았지?"

반디는 올빼미가 고마웠어요. 하지만 겉으로는 이렇게 말했어요.

"이제 수다 좀 멈추세요. 생각 좀 하게. 겨울은 아직 멀었어요. 음, 내일은 또 뭘 하면서 놀까?"

다음날 반디는 반딧불이들과 함께 있었어요.

"넌 왼쪽으로, 넌 오른쪽으로. 한 번 날아봐."

반디는 다른 때와 달랐어요.

"너희들 분수 알지? 분수? 이렇게 수욱 솟아오르다가 쫙 갈라져 툭 떨어지는 거."

반딧불이들은 조용했어요.

"얼마나 멋있는데. 내가 말한 대로 해. 응?"

반딧불이들이 움직이지 않자, 반디는 안달이 났어요.

"재미있는 것 볼래?"

반디는 물구나무를 서고 몸을 이리저리 흔들었어요. 하지만 반딧불이들은 하품했어요. 눈을 끔뻑끔뻑하던 올빼미가 웃었어요.

"백날 그렇게 해라. 반딧불이들이 꼼짝하나."

반디는 답답했어요.

"아저씨 어떻게 얘네를 길들이죠?"

"길들이는 게 아니야, 이 녀석아. 누가 누굴 길들이니?"

"그때 그랬잖아요. '구……구, 구……' 그러니까. 얘들이 막 움직였잖아요. 맞다! 나도 해봐야지. 구……구, 구……."

올빼미가 말했어요.

"움직이려고 하지 않아야 움직일 수 있어."

"무슨 엉터리 같은 말이에요?"

"사실을 사실대로 말하는 거야. 반딧불이들이 네 마음을 읽고 스스로 따르게 해야지. 그러려면 욕심을 버려."

반디는 알 수 없었어요.

"알려 주기 싫으니까 그러는 거죠? 처음부터 귀찮았잖아요. 다 알아요. 하지만 연습하면 안 되는 게 없거든요!"

반디는 토란 잎에 이슬을 담아 반딧불이들 앞에 펼쳤어요. 반딧불이들이 움직였어요.

"이슬을 좋아한다며? 맛있는 이슬만 모았어."

반딧불이들은 이슬을 정말 좋아했어요. 올빼미 눈이 동그래졌어요.

"어떻게 알았어?"

반디는 팔짱을 끼었어요.

"아저씨랑은 상관없잖아요?"

고돌이가 반디 옆에서 지렁이를 오물오물 먹고 있었어요. 고돌이는 올빼미와 눈이 마주치자 웃었어요.

"그런다고 될까?"

"두고 보면 알겠죠? 더 좋은 방법은 몰라요. 얘들아, 더 줄까?"

반딧불이들은 이슬을 마음껏 마시고 배를 두드렸어요.

"다 먹었어? 우리 한 번 날아볼까? 뭉쳐서 반짝이는 것도 좋지만, 더 멋있게 날자! 너희는 이쪽으로, 너희는 저쪽으로 둥글게 날아오르는 거야. 그래서 여기서 딱 만나는 거지."

반디는 왼쪽 팔과 오른쪽 팔을 들어 머리 위에 하트 모양을 만들었어요.

"이렇게 하면 하트가 되는 거야. 하트. 알겠지?"

반딧불이들은 무덤덤했어요.

"왜 반응이 없어?"

슬슬 참기 힘들었던 반디는 버럭 화를 냈어요. 반딧불이들은 순식간에 흩어졌어요.

"어디 가. 안 모여? 이슬 구하느라 얼마나 힘들었는데. 그냥 가는 거야? 당장 안 모여? 당장!"

올빼미는 키득키득 웃었어요. 반디는 간절했어요.

"아저씨, 좀 도와주세요. 네?"

"내가 도와줄 건 없다니까. 정말이야."

"뭐라도 좋아요. 아무거나 한 가지만. 반딧불이들이 싫어하는 것, 좋아하는 것."

올빼미는 목소리를 가다듬었어요.

"글쎄다. 반딧불이들이 싫어하는 건 너처럼 제멋대로 길들이는 거고, 좋아하는 건 이야기지! 시냇물의 이야기, 오래된 나무의 이야기, 바람과 별이 주고받는 이야기, 그런 이야기를 좋아하지. 저 아이들은 순수하거든!"

"이야기!"

반디가 손가락을 탁 튕겼어요. 올빼미는 갸웃했어요.

"또 무슨 엉뚱한 생각을 하는 거야?"

"TV에서 봤는데, 아이들은 동화책을 읽거든요. 그걸 들으면 반딧불이들이 정말 좋아할 거예요!"

반디는 반딧불이들을 다시 모아서 미류네로 갔어요. 창밖에 서서 미류가 동화책 읽는 소리를 엿들었어요. 미류는 '브레멘 음악대'를 읽었어요. 당나귀와 개, 고양이 그리고 수탉이 음악대를 만들려고 음악 도시 브레멘으로 떠나는 이야기였어요. 길을 떠난 동물들이 어느 밤 악당과 마주치는 부분을 읽는 미류 목소리가 마당까지 또랑또랑하게 퍼졌어요.

"당나귀와 개와 고양이, 그리고 수탉은 도둑들을 어떻게 쫓아낼지 생각하다 좋은 꾀를 냈어요. 당나귀는 앞발을 창문 위에 세웠고, 개는 당나귀 등에 올라탔어요. 고양이는 개 위로 올라가고 마지막으로 수탉이 꼭대기에 올랐어요. 그리고 모두 한꺼번에 사납게 소리를 질렀어요. '푸히힝, 왈왈, 야옹, 꼬끼오.' 도둑들은 괴물이 나타난 줄 알고 깜짝 놀라 도망쳤지요."

석류가 시원하게 외쳤어요.

"바보 같은 도둑들."

창틀 밑에서 반딧불이들의 발그레한 빛이 피어났어요. 반딧불이들은 킥킥 소리까지 내며 웃었어요. 석류는 또 읽어달라고 미류를 졸랐어요. 미류는 다시 읽었어요. 석류가 또 깔깔거렸어요. 이야기는 듣고, 듣고, 또 들어도 재미있었어요. 반디는 기분이 좋았어요. 반디를 지켜보던 올빼미는 빙긋이 웃었어요.

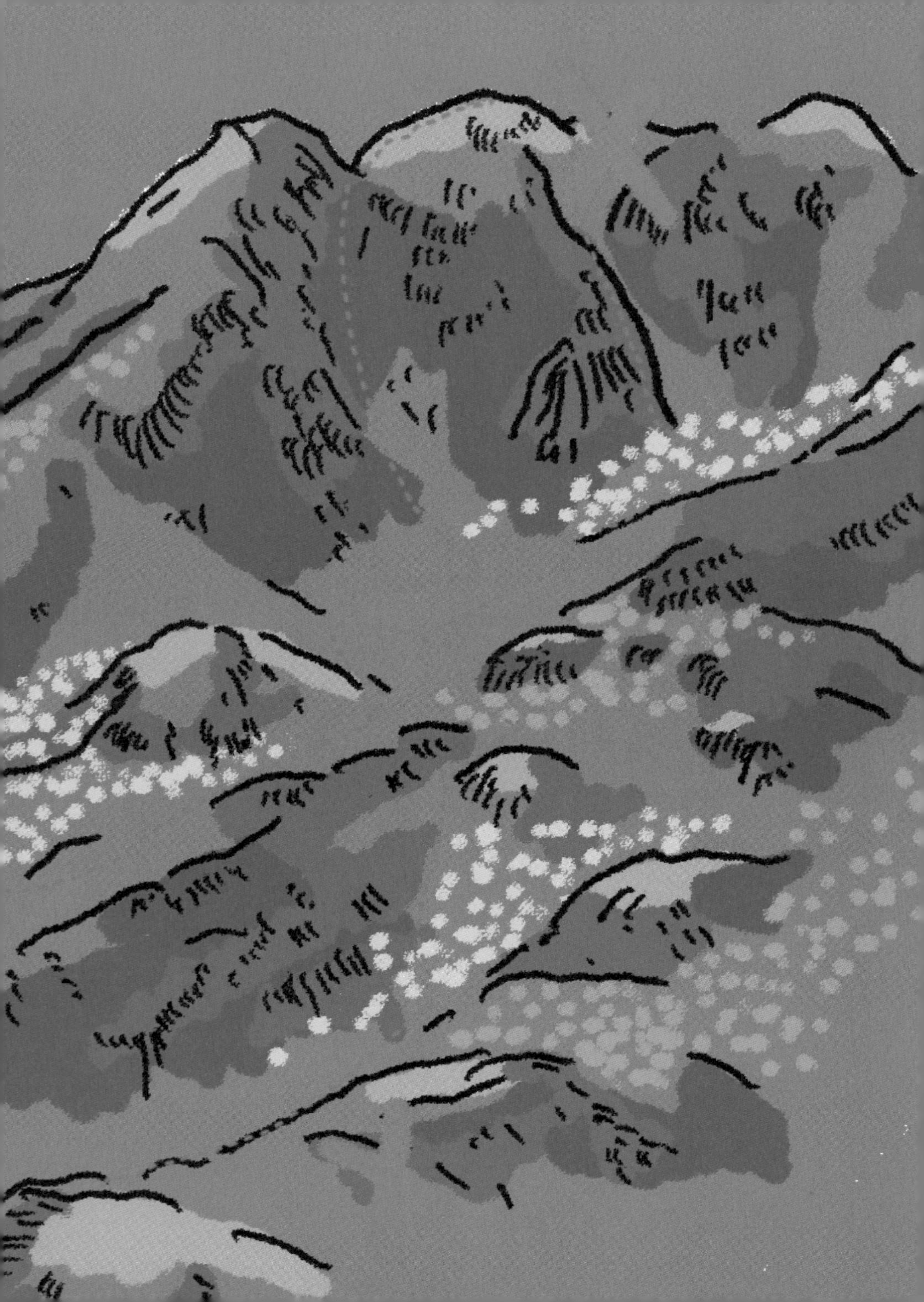

텁석부리의 캠핑카 🐾

반디는 머리를 물속에 첨벙 넣었어요. 물속에서 입을 왕 벌렸다, 앙 다물었다, 물고기를 잡으려고 애썼어요.

"왜 안 잡히지? 수달은 잘 잡던데."

고돌이는 답답했어요.

"왜 수달 흉내를 내. 곰은 곰 방식대로 잡아야지."

"그런 게 따로 있어?"

"내가 좋아하는 왕꿈틀이를 네가 싫어하는 것처럼 모두 자기만의 방식이 있어."

"그럼, 수달이 엉터리로 가르쳐 준 거잖아?"

"수달은 잘난 척이 좀 심해. 뽐내려고 그랬을 거야."

"그럼 어떻게 해?"

"너는 앞발이 크잖아. 입이 아니라 앞발을 이용해. 따라 해."

고돌이는 곰 흉내를 내며 물을 쾅 내려쳤어요. 반디는 고돌이 흉내를 냈어요. 물이 팡팡 튀고 고돌이는 물방울을 흠뻑 뒤집어썼어요.

"안 잡히는데?"

"반디, 물고기를 따라가면서 쳐야지. 물만 친다고 잡히겠어?"

"아하!"

물고기 한 마리가 반디 쪽으로 오고 있었어요. 반디는 잽싸게 달려가 앞발로 쿵 내려쳤어요. 물고기의 눈이 뱅뱅 돌았어요. 반디가 덥석 잡았어요.

"잡았어! 물고기를 잡았어. 이거 봐?"

반디가 흥분하자 정신을 차린 물고기가 도망쳤어요.

"어이구, 반디."

반디는 물 밖에서 몸을 흔들었어요. 고돌이는 또 물을 뒤집어썼어요.

"너랑 있다간 내 가시가 다 털리겠어."

사람들 소리가 들렸어요. 고돌이는 수풀 속으로 쪼르르 달렸어요. 미류와 석류였어요.

"곰돌아, 우리야! 우리."

반디는 엉덩이를 실룩샐룩하며 미류와 석류에게 다가 갔어요. 서로 손을 잡고 위아래로 흔들었어요. 석류는 반디가 너무 좋았어요.

"같이 놀자!"

고개를 끄덕이며 반디가 앞에 섰어요. 반디는 미류와 석류를 데리고 신우대 숲과 폭포에 갔어요. 반디가 아이들을 데려간 곳은 신우대 위를 지나는 바람 소리, 폭포에서 떨어지는 물소리가 가득해 다른 세상 같았어요. 소리가 가득했지만, 마음은 고요했어요.

"와! 우와! 여기는 처음이야. 누나?"

미류와 석류는 반디를 만나 지리산을 더 알게 됐어요. 셋은 한동안 지리산의 품에 가만히 앉아 있었어요. 나란히 앉은 셋의 등 뒤에 검은 그림자가 생겼어요. 텁석부리였어요. 텁석부리는 줄로 이은 새장을 허리에 차고 있었어요. 반디는 움찔했어요. 석류가 반디의 손을 잡았어요.

"괜찮아. 착한 아저씨야. 밀렵꾼이 나쁜 짓을 하는 것도 막고 새들에게 집도 선물하셔. 그렇죠, 아저씨?"

턱석부리가 씩 웃었어요.

"딩동댕!"

석류는 턱석부리에게 반디를 소개했어요.

"우리 친구 곰돌이예요. 여기 살아요."

반디는 망설였어요. 석류가 나섰어요.

"괜찮아. 이리 와. 날 믿어."

석류가 턱석부리에게 물었어요.

"아저씨, 나쁜 악당들 혼낸 적 있어요?"

턱석부리는 거짓말을 했어요.

"그럼. 내가 딱 잡아서 엉덩이를 확 찼지!"

미류와 석류가 손뼉을 쳤어요.

"와!"

"그런 악당들은 지리산의 마고 할머니도 용서하지 않을 거예요!"

"마고 할머니가 누구냐?"

석류는 아빠에게 들은 대로 말했어요.

"마고 할머니는 지리산을 지키는 분이에요. 착한 사람들에겐 인자하지만, 악당들한테는 엄청 무서워요. 인정

사정 안 봐줘요."

턱석부리는 피식 웃으며 지갑에서 사진을 꺼냈어요.

"그런 할머니라면 나도 보고 싶다. 예전에 이 팔색조
가 어디에 산다고 했지?"

"잘 몰라요. 우리 집 마당으로 가끔 와요."

석류는 반디를 쳐다봤어요.

"곰돌아. 너는 산을 잘 아니까 알겠다. 팔색조 말이야.
팔색조. 아주 귀한 새라서 우리가 집을 선물할 거야. 안
전하게 살 수 있게. 가르쳐 줄래?"

반디는 고개를 끄덕였어요.

"세상에, 이 곰은 너희 말을 알아들어?"

사람의 말을 아는 똑똑한 곰이라며 턱석부리가 반디를
추켜세웠어요. 반디는 기분이 좋았어요. 미류가 턱석부
리에게 부탁했어요.

"아저씨, 새장 하나 주실래요? 마당에 새가 오면, 먹이
도 주고 잘 돌볼게요."

턱석부리는 상을 주는 것처럼 새장을 주었어요. 턱석
부리가 반디에게 물었어요.

"팔색조가 있는 곳을 알아?"

반디는 고개를 끄덕였어요.

"이럴 수가! 정말 똑똑한 천재 곰이구나!"

석류도 거들었어요.

"이 곰은 최강 천재예요!"

반디는 아이들과 텁석부리를 팔색조가 자주 가는 나무에 데려갔어요. 착한 일을 한 것 같아 으쓱했어요. 텁석부리는 새장을 매달았어요. 그리고 지도를 꺼내 산과 지

도를 번갈아 보고 방향을 가늠했어요. 반디와 아이들에게 인사했어요.

"정말 고맙다. 아저씨는 또 갈 데가 있어서 이만."

"안녕히 가세요."

미류와 석류는 텁석부리에게 인사를 하고 반디에게도 인사했어요.

"곰돌아, 또 만나. 넌 정말 대단한 곰이야."

반디는 멀어지는 텁석부리와 아이들에게 손을 흔들었어요. 자꾸 뒤돌아보는 석류에게 끝까지 손을 흔들고 나서 달콤한 곰취 냄새를 좇았어요. 반디는 배가 볼록하도록 곰취를 먹었어요. 곰취를 먹다 팔색조가 예쁜 새장을 좋아할지 궁금했어요. 다시 새장을 매단 곳으로 갔어요. 새장에 팔색조가 없어 살짝 실망했어요.

'칭찬 듣는 게 좀 늦으면 어때?'

반디는 들떴어요. 그때 바닥에서 반짝 빛이 났어요. 텁석부리가 지도를 꺼내면서 떨어뜨린 펜이었어요. 반디는 펜을 들고 텁석부리가 간 방향으로 달렸어요. 신나게 달리다 큰 나무를 타고 올라가 쭈욱 둘러보았어요. 숲 사이에 점처럼 작은 텁석부리가 보였어요. 나무에서 내려와 숨이 가쁘게 달려갔지만, 텁석부리는 없었어요.

"헉, 헉, 헉!"

반디는 목이 말랐어요. 물을 찾아 두리번거리며 다니다 동굴을 발견했어요. 동굴을 본 순간, 겨울잠을 자려면 동굴이나 큰 나무 구멍을 찾으라던 올빼미 말이 떠올랐어요. 반디는 동굴로 들어갔어요. 한참을 뛰어도 될 만큼 넓었어요.

"똠방!"

물방울이 떨어졌어요.

"똠방!"

물방울 소리가 메아리로 돌아왔어요.

"물이다!"

소리가 난 쪽에 샘이 있었어요. 반디는 벌컥벌컥 샘물을 마셨어요.

"우와! 시원해. 달아!"

반디는 샘물을 마음껏 마셨어요.

"컥!"

트림이 났어요.

"컥!"

트림 소리가 메아리로 돌아왔어요. 멋진 곳을 발견한 반디는 팔짝팔짝 뛰었어요.

"역시 착한 생각을 하면 복을 받나 봐. 텁석부리 아저씨, 고마워요. 펜은 나중에 꼭 돌려드릴게요."

텁석부리는 숲에서 돌아와 캠핑카에 있었어요. 야영장의 제일 구석에 있는 캠핑카는 땟자국으로 얼룩덜룩했어요. 텁석부리는 그늘에 앉아 새장을 만들었어요. 새들이 앉을 수 있게 횃대도 있었어요. 캠핑카로 들어간 텁석부리는 새장에 스프링 장치를 달았어요. 그리고 장난감 새를 새장에 넣었어요.

"철컥!"

스프링 장치가 입구를 막아버렸어요. 텁석부리는 만족했어요.

"좋았어! 이거면 어떤 새도 산 채로 잡을 수 있어!"

텁석부리는 새를 잡아 가두는 사람이었어요. 캠핑카 안에는 잡힌 새가 많았어요. 텁석부리는 가방에서 책을 꺼내 박제된 새 사진을 새들에게 내밀었어요.

"아름답지 않니?"

새들은 파르르 떨었어요.

"살아있는 것은 언젠가는 죽게 돼. 죽음에서 자유로운 존재는 없어. 아름다움을 잃고, 구더기 밥이 되지. 하지만 이렇게 방부제를 뿌려서 박제하면, 영원히 사라지지 않아. 영원한 아름다움을 갖는 거지. 기쁘지 않니?"

텁석부리의 말은 끔찍했어요.

"그래그래. 얌전히 있어. 깃털이 빠지면 상품 가치가 떨어지니까!"

텁석부리는 냉장고에서 맥주를 꺼냈어요.

"크낙새도 잡았고 팔색조만 잡으면 대박이야!"

"똑똑!"

턱석부리는 맥주를 쏟을 뻔했어요. 주변을 살피면서 밖을 보았어요. 회색 양복을 입은 사람이 문 앞에 서 있었어요. 턱석부리가 문을 열자, 회색 양복은 불만을 터뜨렸어요.

"우리가 부탁한 일은 제쳐 두고 새만 잡는 거요?"

턱석부리는 웃었어요.

"허허, 당신들이 부탁한 것, 내가 안 들어준 적 있나? 아직 돈이 안 들어왔잖아요! 나는 다 준비됐는데!"

턱석부리는 책상 서랍에서 지도를 꺼냈어요. 회색 양복이 지도를 잡자 낚아챘어요.

"일에는 순서가 있는 법이지! 먼저 약속한 돈부터 입금해요. 그때까지는 뭐, 나도 느긋하게 부업이나 해야지. 새 잡아다 파는 것도 꽤 짭짤하거든!"

턱석부리가 한쪽 눈을 찡긋 감았어요. 회색 양복은 군데군데 ×로 표시된 지도를 보며 입맛을 쩝 다셨어요.

"다시 연락하죠."

곰별, 큰곰자리 🐾

반디는 동굴 생각으로 싱글벙글했어요. 올빼미는 궁금했어요.

"무슨 좋은 일이라도 있니?"

"깜짝 놀랄 일이 있죠!"

"뭔데?"

"지금 말하면 싱겁죠! 나중에 짜잔 알려 드릴게요."

반디는 동굴을 꾸밀 생각이었어요. 멋진 동굴에서 겨울잠 자는 것을 상상했어요. 말린 꽃으로 벽을 장식하고 향긋한 풀로 침대를 푹신하게 만들 거예요. 방귀를 뽕 뀌면 맑은 메아리로 바뀌고 목이 말라도 샘물이 있어 걱정 없었어요.

반디는 이것저것 계획이 늘어나 바빠졌어요. 동굴 벽을 장식할 꽃을 찾고 푹신한 풀이 뭘까 고민하느라 이곳

저곳 풀 위에 누워 보았어요. 푹신할 줄 알고 누웠다가 도깨비바늘 같은 따가운 풀에 찔리기도 했어요. 귀여운 버섯, 솔방울도 모았어요. 어두운 동굴에 반짝이는 조약돌을 두면 좋을 것 같아 계곡으로 갔어요. 그때 하늘에서 큰 소리가 쏟아졌어요.

"두두두두, 두두두두, 두두두두."

헬리콥터였어요. 헬리콥터의 날개 때문에 나뭇잎이 사방팔방 날렸어요. 텁석부리와 회색 양복이 타고 있었어요. 회색 양복이 지도를 가리켰어요.

"저기가 솔잎혹파리 작전 장소요?"

텁석부리는 퉁명스럽게 대꾸했어요.

"폐기물을 몰래 버리는 사람이 작전은 무슨?"

"암호를 쓰기로 했잖아요!"

"그래도 양심에 찔리나 보네. 전문업체에 맡기면 되는 걸 얼마나 아끼겠다고 그래요?"

"모르면 가만히 있어요. 돈이 얼마나 많이 드는데!"

"그놈의 돈, 돈. 쯧쯧."

"왜 이래요? 당신도 우리 덕분에 돈 벌면서!"

텁석부리가 히죽 웃었어요.

"하긴 뭐. 지리산의 품은 넓디넓지. 인간의 잘못도 다 받아 줄 만큼! 안 그렇소?"

회색 양복은 고개를 돌리고 말했어요.

"당신 말대로 공중 수송 작전이 빨리 끝나야 지상 작전도 진행하니까 서두릅시다. 됐지요?"

하늘에서 이런 말이 오가는 것을 반디는 상상도 못 했어요. 반디는 조약돌을 모아 동굴로 갔지만, 햇볕 아래에선 반짝거리던 돌들이 동굴 속에선 빛나지 않았어요. 반디는 반딧불이들이 떠올랐어요. 반딧불이들의 불빛이면 동굴이 아늑할 것 같았어요. 깨끗한 샘물도 있으니까, 반딧불이들이 분명 좋아할 거예요. 반디는 침대를 만들 자리, 꽃을 장식할 자리를 조약돌로 표시했어요.

며칠 후, 반디는 반딧불이들과 동굴에 갔어요. 반디는 반딧불이들에게 동굴 안에 있는 기가 막히게 맛있는 샘물을 말했어요. 반딧불이들의 불빛이 살살 돋았어요. 기대하며 도착한 동굴 안에서 반디는 그대로 굳어버렸어요. 며칠 전과 다르게 동굴이 노란색 통들로 꽉 찼어요.

노란색 통들 앞에는 해골과 ×표시, 불꽃 그림이 있었어요. 반디는 '베어랜드'의 일이 퍼뜩 떠올랐어요.

　그날은 운동이 너무 싫었어요. 반디는 돼지감자 아저씨를 피해 '베어랜드' 창고에 숨었어요. 한참 후 반디를 발견한 돼지감자 아저씨가 화를 냈어요. 돼지감자 아저씨가 그렇게 화를 내는 건 처음 봤어요. 번쩍번쩍 천둥번개가 치는 것 같았어요.

　"반디! 여긴 다시 오지 마!"

　그 통에도 해골과 ×표시, 불꽃 그림이 있었어요. 아주 아주 해롭고 불에 잘 타는 것이라고 했어요.

　"절대! 오지 마!"

　반디는 어리둥절했어요.

　'도대체 무슨 일이 생긴 걸까?'

　바로 그때, 반디 어깨 위에 있던 반딧불이들이 쓰러졌어요. 해골 그림이 더 크게 보였어요.

　"안 돼!"

반디는 쓰러진 반딧불이들을 손에 담아 밖으로 뛰었어요. 반디는 큰일이 날 것만 같아 눈물이 났어요. 밖으로 나온 반디는 반딧불이들에게 계속 물을 먹였어요. 반딧불이들이 하나둘 깨어났어요. 다행이었어요. 정신을 차린 반딧불이들은 반디를 피해 비틀비틀 날았어요. 반디는 마음이 무너졌어요. 반딧불이들이 다시 정신을 잃을까 걱정한 반디는 반딧불이들을 뒤따랐어요. 반딧불이들을 따르던 반디는 멈춰야 했어요. 언젠가처럼 산양과 다른 동물들이 반디를 막았어요. 반디는 떨렸어요.

"무, 무슨 일이에요?"

산양이 되물었어요.

"네가 팔색조가 있는 숲으로 인간을 데리고 갔다는데 사실이냐?"

"네? 갑자기 그걸 왜?"

산양이 피 묻은 팔색조 깃털을 반디 앞에 떨구었어요.

"사실인 모양이군!"

"아, 아니 왜 그러시는데요?"

도 장군도 몸을 부르르 떨며 쏘아붙였어요.

"밀렵꾼 사냥개 짓을 하다니! 팔색조가 납치당했다! 그게 네 목적이었어?"

"밀렵꾼? 그 텁석부리 아저씨!"

팔색조 깃털에 묻은 것은 피였어요. 지리산 동물들이 반디를 한 곳으로 몰아붙였어요. 가파르고 위험한 바윗길이었어요. 도망칠 곳은 모두 가로막았고, 봉우리들이 칼날처럼 서 있는 길만 반디 앞에 있었어요. 도 장군은 반디를 향해 엄니를 겨누었어요.

"전, 정말 몰랐어요. 그런 사람인 줄 몰랐어요. 친구라고 했어요. 친구라고. 새들을 위해서 집을 달아준다고."

올빼미가 반디를 위해 나섰어요.

"어르신, 그런 나쁜 짓을 꾸밀 정도로 머리가 좋은 애가 아니에요. 잘 아시잖아요. 반디도 속았을 거예요. 부디……."

산양은 천천히 고개를 저었어요.

"용서는 그리 쉽게 쓰는 말이 아니다. 그러기엔 네 잘못이 너무 커."

올빼미는 애가 탔어요.

"반디야, 어서 빌어. 어서. 이 녀석아."

반디는 눈물을 뚝뚝 흘렸어요.

"죄송해요. 잘못했어요."

산양도 몹시 괴로웠어요.

"너무 늦었다. 지리산에 네가 있을 곳은 없다. 허락된 길은 단 한 곳뿐이다."

하늘이 갑자기 어두워졌어요.

"콰르릉 쾅! 콰르릉 쾅!"

번개가 번쩍이고 천둥이 쳤어요. 번개 속에 날카로운 칼바위 비탈길이 드러났어요. 비도 거세게 쏟아졌어요. 갑자기 변한 하늘에 다른 동물들도 겁에 질렸어요. 산양은 단호했어요.

"저 길을 지나 네가 온 곳으로 돌아가라."

다람이 엄마도 눈물을 흘렸어요.

"산양 할아버지. 아무리 잘못했다고 해도. 저곳은 매번 산사태가 나는 곳이잖아요. 게다가 오늘 같은 비바람엔……"

"이건 법이다. 나의 명령이 아니다."

하늘을 찢을 것처럼 번개가 번쩍였어요. 천둥도 계속 사납게 울었어요.

반디는 비탈길을 향해 걸었어요. 조심조심 걷는 반디 위에서 번개가 치고 돌무더기가 와르르 떨어졌어요. 돌무더기를 피하려고 다리에 힘을 주자 아래쪽 돌무더기가 허물어지며 반디는 가파르게 미끄러졌어요. 반디는 어둠 속으로 빨려 들어갔어요.

"엄마!"

"쿵!"

돌무더기와 같이 미끄러진 반디가 바위를 들이받았어요. 반디 몸으로 돌무더기가 쌓였어요. 세차던 비바람과 천둥 번개도 멈추었어요. 온통 까맣고 고요했어요. 먹구름을 벗어난 해가 햇살 한 줄기를 비추었어요. 반디는 정신을 잃었어요.

"엄마……."

반디가 깨어났어요. 반디는 몸을 꿈틀꿈틀 움직였지만, 돌무더기는 꿈쩍하지 않았어요. 반디의 얼굴은 눈물범벅이었어요. 흐릿한 눈으로 올려본 하늘에 별들이 촘촘했어요. 반디는 별들 속에서 큰곰자리를 찾았어요.

"엄마."

반디가 엄마를 부르자 큰곰자리 별들이 또렷하게 반짝였어요. 그리고 반디의 얼굴로 쏟아졌어요. 반디는 눈을 꼭 감았어요. 거짓말처럼 엄마 목소리가 들렸어요.

"포기하지 마, 아가!"

반디는 계속 눈물이 났어요.

"엄마? 정말 엄마 맞아요?"

"그럼. 엄만 큰곰자리에서 널 보고 있어."

"이젠 끝이에요."

"용기를 내! 엄마가 곁에 있잖아! 엄마는 네 진심을 알아. 반딧불이들도 그걸 알아."

엄마는 반디에게 용기를 주었어요.

"한 번만 더 힘을 내. 아가."

반디는 온몸에 힘을 주었어요. 하지만 돌무더기는 조금 들썩이다 그대로였어요.

"안 되겠어요."

"조금 더 힘을 내. 네가 포기하면 지리산을 망치려는 악당들을 막을 수 없어. 악당들의 나쁜 짓을 세상에 알려야 해. 너는 모두의 운명을 짊어지고 있어! 잊지 마. 그걸 책임감이라고 하는 거야! 아가, 조금만 더 조금만 더……"

"책임감?"

반디는 눈을 감았다 다시 떴어요. 팔에 힘을 주고 힘껏 돌을 밀었어요.

“그래. 그렇지. 그렇게.”

엄마 말을 되새김질한 반디는 이를 악물었어요. 힘차게 돌무더기를 밀어냈어요.

“우르르 쏴, 우르르 쏴.”

돌들이 두 갈래로 흘러내렸어요. 반디는 드디어 탈출했고 두 팔을 번쩍 들고 큰곰자리를 향해 울부짖었어요.

“엄마!”

“훌륭하다, 우리 아가.”

엄마가 반디를 안았어요.

“지금처럼 용기를 내. 곁에 있는 엄마를 잊지 마. 우리 아가, 사랑한다!”

반디를 안았던 엄마는 하늘로 떠올랐어요. 까만 하늘에 큰곰자리 별들이 유난히 반짝였어요. 반디는 눈물을 글썽였어요.

“엄마!”

반딧불이 불꽃놀이

미류와 석류는 잠을 자려고 누웠어요.

"누나, 안 들려?"

"뭐가?"

"마당에서 파닥거리는 소리가 나."

"나가자."

미류와 석류는 조심조심 마당으로 나왔어요. 그때 다리를 절뚝거리며 다가오는 반디를 봤어요. 반디는 마당에 매 놓은 새장을 가리켰어요.

"파닥파닥 파드닥"

미류는 사다리를 놓고 올라가 새장을 확인했어요. 작은 굴뚝새 한 마리가 새장 속에서 가엾게 파닥였어요. 미류가 말했어요.

"이건 함정이야."

"함정?"

"함정을 놓은 새장이었어!"

착한 사람이라 생각했던 텁석부리는 악당이었어요. 석류는 화가 났어요.

"순 악당! 우릴 속였어! 우리가 무슨 짓을 한 거지?"

미류는 굴뚝새를 풀어주고 반디에게 말했어요.

"곰돌아, 이걸 알리려고 왔구나! 너 이렇게 된 것도 우리 때문이야?"

그때 반딧불이들이 긴급신호 빛을 내며 반디를 찾아왔어요. 반디는 따라가야 한다고 미류와 석류에게 손짓했어요. 반딧불이들은 텁석부리 캠핑카로 반디를 이끌었고 미류와 석류는 반디를 뒤따랐어요.

텁석부리의 캠핑카 주변에는 팔색조의 피 묻은 깃털이 떨어져 있었어요. 팔색조가 납치된 게 틀림없었어요. 캠핑카 안에서 텁석부리의 소리가 났어요. 반디와 아이들은 텁석부리를 어떻게 할지 막막했어요. 그때 반딧불이들이 빛을 내면서 움직였어요. 반딧불이들이 만든 빛은 동물 모양이었어요. 미류는 동물 이름들을 하나하나 떠올렸어요.

"당나귀, 개, 고양이, 수탉?"

석류는 뭔가 떠올랐어요.

"이건?"

미류와 석류가 동시에 속삭였어요.

"브레멘 음악대!"

텁석부리가 맥주 깡통을 휙 던지며 차에서 나왔어요. 반디 일행은 급하게 몸을 숨겼어요.

화장실에서 캠핑카로 돌아오던 텁석부리는 어둠 속에서 뭔가를 발견했어요. 텁석부리는 천천히 조금씩 캠핑카로 다가갔어요. 자신의 키보다 큰 거대한 것이 흐물흐물거렸어요. 텁석부리가 한 발 한 발 가까이 오자 미류와 석류와 반디는 가슴이 터질 것 같았어요. 반디의 목말을 탄 미류, 미류의 등에 업힌 석류. 셋은 위아래로 서로 눈을 맞추며 고개를 끄덕였어요. 마음속으로 하나, 둘, 셋을 세고 힘껏 소리를 질렀어요.

"마아, 고오!"

"마아, 고오!"

"으르렁!"

소리에 맞춰 반딧불이들도 빛을 냈어요.

"헉!"

텁석부리는 주저앉으며 엉덩방아를 찧었어요.

"마아, 고오……? 애들 말이 사실이었어?"

텁석부리는 도망쳤어요.

"성공이야."

불빛이 잠잠해지고 반디와 미류, 석류가 나타났어요. 땅으로 내려온 미류와 석류 그리고 반디는 서로를 껴안았어요. 반딧불이들도 주변을 빙빙 돌며 기뻐했어요.

"마고 할머니 작전 완전 대성공!"

미류가 말했어요.

"서두르자. 돌아올지 모르잖아!"

반디와 아이들은 캠핑카 안으로 들어갔어요. 캠핑카 안에는 납치당한 새가 많았어요. 셋은 새들을 풀어줬어요. 반디는 힘이 빠져 날지 못하는 팔색조를 안고 탁자 위의 지도를 미류에게 주었어요.

"지도?"

반디가 끄덕였어요. 미류는 지도를 챙겼어요. 석류는 박제된 새들을 스마트폰 카메라로 찰칵찰칵 찍었어요. 도망쳤던 텁석부리가 미류 말대로 돌아왔어요. 텁석부리는 서둘러 뛰어가는 미류와 석류, 반디를 봤어요.

"꼬맹이들이잖아!"

텁석부리는 얼굴이 일그러졌어요.

"내가 속은 거야? 도저히 못 참겠군!"

텁석부리는 진열장 문을 거칠게 열고 사냥총을 꺼냈어요. 반디는 지리산 깊은 곳으로 달렸어요. 미류와 석류는 한 번도 가보지 못한 길이었어요. 미류는 아빠에게 알려야 한다고 생각했어요. 하지만 스마트폰이 작동하지 않는 데로 와버렸어요.

"너무 깊은 숲이야."

"곰돌아, 어딜 가는 거야? 팔색조를 구했으니까 이젠 집에 가야지?"

반디는 고개를 저으며 미류 손의 지도와 숲을 번갈아 보았어요. 반디는 미류와 석류를 이끌고 계속 걸었어요. 미류와 석류 이마에 땀방울이 맺혔어요.

팔색조는 날개를 움직이려고 애쓰며 다른 동물들에게 빨리 알려야 한다고 생각했어요. 온 힘을 다해 나무 위로 '후드득' 날아갔어요. 팔색조는 나뭇가지에 앉아 자신을 납치했던 텁석부리 악당이 총을 들고 오는 것을 봤어요. 팔색조는 다급하게 날아갔어요.

반디는 동굴 입구에서 멈추었어요. 미류와 석류는 동굴이 목적지라는 것을 알았어요. 미류와 석류는 숨을 크게 쉬고 동굴로 들어갔어요. 동굴 안에는 나쁜 사람들이 몰래 버린 폐기물들이 있었어요. 반디가 왜 자신들을 이리로 데려왔는지 알아챘어요.

"이걸 보여주려고!"

미류와 석류는 반디를 쓰다듬었어요.

"이 지도에 ×표시된 곳들이 다 이런 폐기물들을 버린 장소야. 그렇지 곰돌아?"

반디가 고개를 끄덕였어요.

"이젠 우리 차례야. 누나."

"내려가서 아빠랑 사람들에게 알리자!"

반디와 미류, 석류는 동굴을 나와 달렸어요. 얼마 가지 못해 텁석부리를 만났어요. 셋은 멈칫했어요.

"감히 날 속여? 그것도 모자라서 내 일까지 방해하려고! 하지만 어쩌지? 나한테 잡혔으니!"

텁석부리는 철컥 총을 겨누었어요.

"아저씨! 부끄럽지도 않아요? 우리를 쏠 거예요?"

텁석부리는 미류를 쏘아봤어요.

"총을 쏘면 안 되지. 그냥 낭떠러지에서 밀어버릴 거야. 그래야 사람들이 산에서 길을 잃고 헤매다 그렇게 된 줄 알지!"

텁석부리는 반디를 겨누었어요.

"하지만 저 미련곰탱이 녀석에겐 따끔한 맛을 보여줘야지!"

미류가 반디 앞에 섰어요.

"미련곰탱이 아니에요. 똑똑하고 정의로운 반달곰이에요! 그러니까 아저씨의 나쁜 짓을 우리한테 알렸죠!"

석류도 미류와 함께 팔을 벌려 반디 앞을 막았어요.

"맞아요."

아이들이 걱정된 반디는 둘 앞으로 나와 막았어요.

"놀고들 있네!"

텁석부리는 반디와 미류, 석류를 비웃으며 방아쇠를 당기려고 했어요. 그때 땅이 흔들렸어요.

"다다다다! 다다다다!"

텁석부리가 휙 하늘로 나가떨어졌어요. 산양이 텁석부리를 들이받았어요. 산양은 도 장군에게 악당을 쫓으라고 명령했어요. 뿔에 받혀 아픈 엉덩이를 비비던 텁석부리를 도 장군이 다시 쿵 들이받았어요.

"탕!"

총소리가 났어요. 나동그라진 텁석부리의 총에서 총알이 제멋대로 발사됐어요. 동물들은 멈칫했어요. 다친 동물은 없었어요. 화가 난 동물들이 한꺼번에 텁석부리에게 달려들었어요. 텁석부리는 꽁무니가 빠지게 도망쳤어요. 미류와 석류는 만세를 불렀어요.

"만세! 우리가 지리산 악당을 물리쳤다!"

동물들은 미류와 석류 그리고 반디를 둘러싸고 환호했어요. 하지만 반딧불이들이 긴급신호를 계속 보냈어요. 긴급신호대로 고개를 돌린 곳에서 연기가 났어요. 총알의 불꽃이 나뭇가지에 번져 불이 붙었고 불은 순식간에 번졌어요. 동물들은 불이 가장 무서웠어요. 불을 본 동물들은 정신을 잃고 허둥지둥 도망치려고 했어요. 미류가 외쳤어요.

"불을 끄자!"

석류도 불이 난 곳으로 달려갔어요.

"산불이 번지면 동굴 속 통들이 폭발해! 그러면 지리산이 불타고 동물들이 다쳐!"

반디가 외쳤어요.

"동굴 안에 샘물이 있어요!"

반디는 동굴 안 샘물을 몸에 적시고 불을 끄러 달려갔어요. 무서움을 이기고 불을 끄는 미류와 석류, 반디를 보던 산양이 동물들에게 명령했어요.

"모두, 같이, 힘을 합해 불을 끄자!"

동물들이 몸을 굴려 번지는 불길을 잡으려고 애썼어요. 하지만 불은 계속 번졌어요. 모두 연기에 콜록거리고 털과 깃이 불에 그을렸어요. 불에 닿은 살갗은 말할 수 없이 쓰라렸어요. 다치고 지쳐서 쓰러지는 동물들이 늘어났어요. 불길은 동굴과 점점 가까워졌어요. 미류와 석류는 발을 동동 굴렀어요. 그런데 반디가 갑자기 웃었어요.

"하하하!"

반디는 미류와 석류를 톡톡 치며 한쪽을 가리켰어요. 반디가 가리키는 곳에 긴급신호를 깜빡이는 반딧불이들과 반달곰 무리가 있었어요. 계곡물로 흠뻑 젖은 반달곰들이 당당하게 달려왔어요.

"와! 와! 와!"

"와! 와! 와!"

"와! 와! 와!"

동물들의 함성이 지리산을 뒤흔들었어요. 반디는 반달곰 무리에 섞여 달려오는 해곰이와 달곰이 그리고 별곰이를 발견했어요.

"어떻게 알았어?"

해곰이가 대답했어요.

"반딧불이들이 알려줬어"

달곰이도 외쳤어요.

"우리도 지리산에 살잖아!"

별곰이는 뛰면서 말했어요.

"인사는 나중에 하고 빨리 지리산부터 구하자고!"

해곰이, 달곰이, 별곰이는 다른 반달곰들과 함께 번지는 불길로 달려갔어요. 반달곰들 덕분에 드디어 불길이 잡혔어요. 동물들은 재투성이, 상처투성이였지만, 지리산을 구했어요. 지리산 동물들은 벅찼어요.

"만세! 만세! 만세!"

"만세! 만세! 만세!"

"만세! 만세! 만세!"

만세 소리가 오래오래 메아리쳤어요.

반디는 지리산을 구한 영웅이었어요. 가는 곳마다 친구들의 환영을 받았고, 이제 해곰, 달곰, 별곰이와 또 다른 반달곰들과 놀 수 있었어요. 유독성 폐기물을 지리산에 몰래 버렸던 사람들과 텁석부리는 미류와 석류의 신고로 경찰에게 잡혔어요. 악당들에게 맞서 지리산을 구한 용감한 어린이 미류와 석류는 지리산 어린이 홍보대사가 되었어요.

해가 지고 있었어요. 반디는 반딧불이들과 함께 높은 곳에 올랐어요. 반딧불이들이 하늘로 높이 떠올랐어요. 꼬리에 꼬리를 물고 오르며 밝고 예쁜 빛을 뿜었어요. 모였다가 흩어지고, 흩어졌다 다시 모이며 하늘로, 하늘로 치솟았어요. 반딧불이들은 반디의 생각대로 움직였어요. 반디가 상상하던 반딧불 불꽃놀이였어요.

"정말? 너무 멋져!"

반디는 팔을 뻗었어요. 오케스트라 지휘자처럼 반딧불이 불꽃놀이를 지휘했어요. 반디의 손짓을 따라 반딧불이들은 분수처럼 솟구치며 갈라지고 폭포처럼 쏟아지며, 꽃을 피웠어요. 눈이 부셨어요.

지리산 곳곳에서 동물들도 반딧불 불꽃놀이를 감상했어요. 해곰이, 달곰이, 별곰이도 불꽃놀이를 봤어요.

"저 녀석, 진짜 꿈을 이루었네."

"'베어랜드' 불꽃놀이보다 더 멋지지 않아?"

"정말 대단해!"

반디는 부드럽게 팔을 저으며 그리움을 가득 담아 큰 곰자리를 우러러봤어요. 말할 수 없이 아름다운 밤이었어요.

– 끝 –